ベリーズ文庫

俺様パイロットに独り占めされました

水守恵蓮

STARTS
スターツ出版株式会社

目次

俺様パイロットに独り占めされました

鬼機長の修羅場に遭遇したら

大きな窓の向こうに広がる、吸い込まれそうなほど黒い夜空。
遠くで、チカチカとなにかの光が点滅している。
飛行機の左右の主翼に据《す》えつけられた、赤と緑のナビゲーションライトだ。
徐々に近く大きくなってくるのは、着陸態勢に入って高度を下げているから。
ナイトフライトを終えた飛行機が、地上に帰ってくる。
夜空を横断する光を追って、ほんの少しだけ目線を横に逸らした途端――。
「なに、よそ見してるんだ」
ちょっと不機嫌そうな低い声が、真上から降ってきた。
慌てて視線を正面に戻すと、私の視界は、その声の主に占領される。
自分以外、他のなにも目に映すなと、言いたいんだろうか。
広い寝室で、ふたりきりでベッドにいるのに、彼は私への独占欲を憚《はばか》らない。
顔の輪郭《りんかく》がぼやけるほど接近して、甘いキスを仕掛けてくる。
「んっ……ん」

私は無意識に、彼の腕に両手をかけた。

私を根っこから翻弄《ほんろう》するキス。これでもかってほど彼の渇望《かつぼう》を注がれて、本当は逃げなきゃいけないのに。

身体の奥底からせり上がってくる、めくるめく快楽への期待で、手に力が入らない。

頭では、こんなのおかしいとわかっているけど、結局、私はなんの抵抗もできない。

「遥《はるか》……」

ほんのわずかに離れた唇の隙間で、彼が熱っぽく私の名を呼ぶ。

しっとりと濡れた唇に耳を、情欲で擦れる低い声に鼓膜をくすぐられ、私は否応なく身を震わせた。

私をベッドに沈め、躊躇《ちゅうちょ》なく圧《の》しかかってくる汗ばんだ肌に、溶けてしまいそう……。

いつも強引で不遜《ふそん》で、ちょっと前まで、彼には苦手意識しかなかったのに。

私が知らない空を、知っている人。

今、私が映っている黒い瞳が、いつもどんな景色を捉えているのか、教えてほしい。

私にも、刻みつけてもらいたい。

彼に心を共鳴させて、私は、もっともっと、と追い求めてしまう。

だけど……。

私たちは、まだ〝恋人〟にもなっていない。

だから、彼の独占欲は意味不明だし、私より少し高い体温に溶け込んでしまってはいけない。

虜《とりこ》にされるわけにはいかない――。

心のどこかで強く抗う私もいるのに、今は見えないように蓋《ふた》をする。

だって、彼の温もりはとても心地よくて、手放したくないから。

この腕の中にいると、偉大で壮大な唯一無二の空に、包まれている気持ちになれるから。

〝愛されている〟というまやかしに目を眩《くら》ませてでも、溺れていたい。

私が知らないたくさんの空を知る、羨望《せんぼう》の存在の彼に――。

私は、幼い頃から、青い空が好きだった。

家族の話によると、まだ物がよく見えていない乳児期でも、獣並みの感覚が働き、晴れて天気のいい日はご機嫌だったそうだ。

幼稚園の遠足で撮った集合写真では、私ひとりカメラそっちのけで、ポカンと口を開けて空を見上げているし、運動会の駆けっこで、前ではなく上を向いて走っていて、激しくすっ転んだ記憶がある。

小学生になって初めて読んだ世界の偉人の伝記物語は、大半の人がヘレン・ケラーとかキュリー夫人、野口英世《のぐちひでよ》などと答える中、私はライト兄弟だった。

とにかく大空に憧れるあまり、空を飛ぶ飛行機に関するものはなんでも大好き。

近所の男の子に交じって、将来の夢は〝パイロット〟と、中学生くらいまでは真剣に豪語していた。

だけど残念ながら、私にはパイロットを目指すほどの能力がなかった。

自分で飛行機を飛ばすという大願は成就しないまま、大人になり――。

私、酒匂《さこう》遥。二十六歳。

今私は、世界中に広がる青い空に飛び立つ飛行機を眺めながら、地上を駆けずり回っている。

「日本エア航空102便にご搭乗の、新垣《あらがき》様ー! 新垣博《ひろし》様、いらっしゃいませんかー?」

日本エア航空102便。午後一時二十分発の、札幌《さっぽろ》行きだ。

現在、午後一時十五分。

ファイナルコールも時間通りにアナウンスしたし、乗客の搭乗もスムーズだった。もうとっくにゲートクローズしているはずが、チェックイン済みのお客様が乗っていないと機内から連絡があり、私は羽田《はねだ》空港の出発ロビーを、隅々まで捜し回っている。

七月に入り、少し早めの夏休みを取る社会人もいて、先月に比べると格段に旅客が増えた。

広いロビーは、人の熱気が溢《あふ》れている上、節電対策で、エアコンの温度もやや高めに設定されている。

かっちりした制服……半袖ブラウスに紺色のベスト、首にスカーフ姿の私は、じっとりと汗ばんでいた。

一度足を止めて、肩にかかるすれすれの長さの、茶色くカラーリングした髪を揺らし、グルッと辺りを見回す。

「新垣様！　ミスター・アラガキ！」

切羽詰まって声を張る私を、旅客たちがチラチラ見ながら素通りしていく。

私は、視線を気にする余裕もなく、再び床を蹴った。

五センチのヒールがカーペットに沈み、なんとも走りづらい。

でも、見つけなきゃ。

飛行機の離陸が、遅れてしまう……！

この便に限っては、遅延させてはいけないという使命感よりも、そうなることで受ける お咎《とが》めへの恐れの方が強い。

私が息を切らして走るのと並行して、アナウンスもかかっている。

『日本エア航空102便にて、札幌にご出発の、新垣《しんがき》様。新垣博様。いらっしゃいましたら、83番ゲートにお越しください。繰り返します……』

「新垣様！　あら……って、あれ？　今、シンガキって言った⁉」

これだけ走り回った今になって、名前を呼び間違えていたことに気付く。

あー、私ってなんでこう、いつもいつもいつも……！

それでも、自己嫌悪に陥ってる暇はない。

何度も言うけど、離陸が遅れることになったら――。

102便の機長の鬼の形相が、脳裏にくっきりと浮かび上がる。

「っ……」

一度頭を強く振って、鬼の残像を霧散《むさん》させた。

「シンガキ様ー！　新垣様、いらっしゃいませんか⁉」

東京《とうきょう》の空の玄関口、羽田空港。一日の旅客数は約十八万人。国際線、国内線合わせて、飛行機の離発着は千二百回を超える。

私は、この、世界第五位の利用者数を誇る巨大空港で働いている。

空へと飛び、空から帰ってくるたくさんの乗客たちを、毎日毎日見送り出迎える……いや、地上で捜し回る日々。

私に、憧れの空は遠い。


その後、なんとかお客様を見つけて、半泣きで急《せ》かしながらゲートに戻った。

飛行機は、定刻を十分過ぎて離陸した。

焦ったけど、深刻なディレイとは言えない。

ゲートの表示が、出発済と変わったのを見て、ホッと胸を撫《な》で下ろしたものの……。

「搭乗者の確認は、充分すぎるほど充分しなさいって言ってるでしょ！」

102便の搭乗者確認は私が担当だったから、主任にこっぴどく怒られた。

「すみません！　すみません‼」

お客様も職員も捌《は》けた人気《ひとけ》のないゲートで、私はペコペコ頭を下げて平謝り。

私より十三歳年上、三十九歳の女性主任が、「まったく」と腕組みをした。

「まあ、酒匂さん、チェックインから異動してきて、まだ半月だし。なかなか要領が掴《つか》めないのも、仕方ないんだけどね……」

眉間に皺《しわ》を刻み、難しい顔をしながらも、言葉を濁す。

そう――。

空に憧れ、並々ならぬ大志を抱きつつも、自分じゃ飛べない私は、大学卒業後、日本最大手の航空会社、日本エア航空の地上業務委託会社に就職した。

入社以来ずっと、チェックインカウンター業務に就いていたけど、半月前の辞令で、離発着フロアでの案内担当に異動したばかりだった。

チェックインカウンターよりも飛行機に近い、ゲート勤務。

大好きな飛行機を間近に眺められて嬉しいものの、毎日毎日、自らのミスで走ってばかり……。

あまりに不甲斐《ふがい》ない自分を、穴を掘ってでも埋めてしまいたい。

しゅんと肩を落とす私に、主任は「はあ」と声に出して溜め息をついた。

「……久遠《くおん》機長。『また酒匂か⁉』って、だいぶご立腹だったみたいよ」

声を潜めて脅されなくても、私は久遠のくの字を聞いただけで、ギクッとする。

「く、久遠さんが……？」

頬骨のあたりがヒクヒクするのを感じ、笑顔を引きつらせた。

主任が、一度頷いて返してきた。

「今日、札幌一・五往復で、東京に戻ってきて勤務終了だそうだから。お咎めは覚悟しておきなさいね」

「ふ、ふぁいっ……！」

言われるまでもなく覚悟はしていたけれど、やっぱり、と絶望が走って力んだ結果、妙な返事をしてしまった。

主任も、やれやれとでも言いたげに、額に手を当てる。

そして……。

「一応聞いておくけど……酒匂さん、久遠機長と個人的な接点を作りたくて、わざとミスして目に留まろうとしてるんじゃないわよね？」

疑わしそうな目を向けられ、私はギョッと目を剥《む》く。

「とんでもない！　そんなわけないじゃないですか……！」

今度こそ本当に泣きそうになって、誤解を解こうと、悲壮な声を張る。

「ならいいんだけど」と、主任は額から手を離した。

「久遠機長と同じチームのＣＡがね、そういう噂《うわさ》してたらしいのよ」

「っ、ええっ⁉」

「目につくことして、彼に取り入ろうとしてるんじゃないかって」

「そ、そんなっ……！」

あまりの言われように、さすがに私も絶句した。

「でも、久遠機長が相手だし。実際、たった二週間で目に留まってるのは事実だから、そのくらいやっかまれても仕方がないかしらね」

悔しいけれど、もう、ぐうの音も出ない。

私は、がっくりとこうべを垂れた。

「今後は、絶対……久遠機長の乗務の妨げにならないよう、努めます……」

と猛省しても、その気合がむしろ空回ってる感もあるから、私の決意表明は力なく尻すぼみになった。

久遠機長……久遠優真《ゆうま》さんは、この春、三十四歳の若さで機長に昇進した、日本エア航空史上最年少機長だ。

エリート揃いのパイロットの中でも、頭ひとつ抜きん出ている、エリート中のエリート。

将来有望な出世頭の上、誰もが振り返るほどの長身イケメン。しかも独身だから、キラッキラの美人CAたちを筆頭に、私たちグランドスタッフの女性からも人気がある。

尖《とが》るような鋭い光を湛《たた》える、切れ長の涼やかな目。その視線にならば、『全身ズタズタに刺されてもいい』とか。

怖いくらい整った顔に釘付けになって、『瞬きする間が惜しい。ドライアイになってでも、目を凝らしていたい』とか。

精悍《せいかん》な顔立ちには、意外な肉食の香りが秘められているそうで、『頭からガリガリ食べられちゃいたい』なんて、よからぬ期待に胸を膨らませるとか――。

……みんな、どうかしてると思うけど。

仕事熱心な故の厳しさも、ストイックと評価されて、かえって好印象。

多分、本気で怖がってるのなんて、私くらいなものだ。

「まあ、久遠機長が戻ってくるまで、まだ時間あるし。ほら、とにかく、次の案内に行きましょう」

百六十センチに届かない、やや小柄な私がしゅんと肩を落とすと、普段以上に頼りない印象が強まる。

今年二十七になるというのに、未だに大学生と間違えられることもある童顔は、公然のコンプレックスだ。

「はい……」

いつの間にかハの字に下がっていた眉に、なんとかキリッと力を込める。

二重目蓋《まぶた》の大きな目に浮かんだ涙をグイと手の甲で擦り、小さく低い鼻をズピッと鳴らす。

一度大きく深呼吸をして、

「頑張ります」

自分を叱咤《しった》して、次の仕事に気持ちを切り替えた。

呼び出されるとわかっていて、いつ来るかいつ来るかとビクビクして待つよりは、いっそ自ら潔く怒られに行った方がいい。

――精神衛生的観念からも。

〝ご立腹〟と聞いて、お咎めも覚悟できてるから、もう逃げも隠れも致しませぬ。

そんな心意気を示すつもりで、久遠さんが乗務する札幌便に就く同僚と、持ち場を交換してもらった。

そして迎えた、午後七時。

私は彼の本日最後の乗務便の着陸を待って、到着ロビーに降りた。

通常、飛行機は一日で三から五回、往復使用される。

久遠さんは東京で勤務終了だけど、乗ってきた機体はもう一度飛んで、今夜は札幌でドック入りだ。

たった一回、ほんの十分の遅れでも、同じ機体を使用する他のフライトスケジュールに影響を及ぼす。

そのため、私たちグランドスタッフは、飛行機が定刻通りに運航できるよう、力を尽くさなければいけない。

今、私が担当しているゲート案内業務に限らず、今までのチェックイン業務でも、飛行機に携わる他のすべての地上職……整備士、ケータラーも、皆、離陸に支障が出ないよう、力を合わせて働いているのだ。

だから、久遠さんの厳しいお咎めも、本当は当然のことだとわかっている。

私は、札幌便の到着ゲートで乗客を迎える準備をしながら、なんとか気持ちを奮い立たせようとした。

自ら怒られに来たというのもあって、だいぶ開き直った感もあるけど、久遠さんの端麗な鬼の形相を想像するだけで、心が沈む。

久遠さんは、誰もが認める、優秀で将来有望な史上最年少のエリート機長だ。

異動してすぐ、主任や他の先輩たちから、彼のすごさと厳しさは聞かされていた。

『絶対に、粗相のないように』と念を押され、気合を入れすぎてぎくしゃくして、結果空回り。

私は、大事な関わりの第一歩で、彼のフライト便を三十分ディレイさせるという、大失態をやらかしてしまったのだ。

初日から早速呼び出され、『新人か』と、顔を渋く険しく歪《ゆが》めて注意された。

その後はかえって萎縮《いしゅく》してしまい、特に彼のフライト便はミスを連発。

最初は口を酸っぱくしての注意だったけど、今やお咎め、理詰めでの厳しい叱責に変わっていた。

私が悪いのはわかってるし、いつもちゃんと猛省しているけど、とにかく怖い。

怒られたくなくて気負ってしまい、完全に悪循環に陥ってしまった。

ああ――。久遠さんの壮絶に端整な怒った顔、もう二度と見たくないのに……。

恐ればかりが強くなり、本人に対しても苦手意識が助長される。

それなのに、その人の帰りを自ら待ち構えているなんて複雑だ。

「はあ」と声に出して溜め息をついた時、マーシャラーを乗せた梯子車が、窓の外に駐車したのが目に入った。

着陸した飛行機を、駐機ポイントでピッタリと停止させるために、手旗信号で誘導する専門スタッフだ。

彼らがポジションに就いたからには、飛行機は間もなく到着する。

瞬時に緊張が走って、私はゴクリと喉を鳴らした。

サッと目線を上げると、大きなジャンボ機の両翼に取りつけられた、赤と緑のナビゲーションライトが窓越しに確認できる。

眼下では、作業着姿の整備士も数人、大きく手を振って先導していた。

マーシャラーが両手をまっすぐ横に伸ばし、旗を小刻みに動かしている。

それに従って、巨大な飛行機がぶれることなくまっすぐ進んでくる。

階上の到着ロビーからだと、ヌッと突き出ているように見える、飛行機の鼻先。

そこに位置するコックピットも、もう視認できる。

操縦席に就く、ふたりの人影。私から向かって左が副操縦士、右が機長。

久遠さんだ……と思うだけで、心臓が竦《すく》み上がった。

マーシャラーが、両腕を天高く突き上げる。

〝止まれ〟という合図に、飛行機はピタリと静止した。

飛行機のエンジンが完全に停止すると、地上の整備士たちがわらわらと寄っていき、車輪が動かないよう、しっかりチョーク留めを施す。

マーシャラーとコックピットのふたりが、背筋を伸ばして敬礼で挨拶。

この半月で、業務中は日常的になった光景だけど、飛行機好きの私としては、何度見ても胸が熱くなる。

いつもなら、お呼びじゃないとわかっていて、私まで一緒に敬礼してしまうところだけど、今はそれどころじゃない。

機内からCAが開けた乗降口に、ボーディングブリッジが接続される。

降機準備が整うと、やがて最初の乗客が姿を現した。

私も持ち場について、お出迎えをする。

「お帰りなさい、お気をつけて」

この後に待っている、お咎めへの恐怖でいっぱいの心とは裏腹に、なんとか笑みを浮かべて、ゲートを過ぎていく乗客を見送る。

乗客がすべて降機を終えたら、次は乗務員たちだ。

とうとう迎えてしまった、この瞬間――。

私は妙な武者震いをして、久遠さんが降りてくるのを待った。

ところが……。

「あの、すみません」

一度過ぎ去っていった乗客が、こちらに戻ってきた。

「っ、はい。なんでしょう？」

乗客に対しては無防備になっていて、一瞬ギクッとしてしまった。

慌てて笑顔を繕って応じる。

「この後、福岡《ふくおか》行きに乗り継ぎなんですが、どうやって行けば……」

乗り継ぎ便のゲートへの行き方がわからない様子で、辺りをきょろきょろしている。

「あ、はい。でしたら、ご案内いたします」

私はグランドスタッフ。乗客の案内は、私の仕事だ。

機内からは、ＣＡも数人、姿を現していた。

せっかく待ってたのに、ご案内してる間に久遠さんと入れ違っちゃうかな――。

私は背後を気にしながらも、乗客を導いてゲートを離れた。

乗客を福岡便の搭乗口に送り届けて戻ってくると、到着ゲートは閑散としていた。

今日、このゲートを使用するのは、さっきの札幌便が最後だ。

付近には乗客も職員の姿もなく、しんと静まり返っている。飛行機もすでに移動していて、窓の外はぽっかりと口を開けたような、闇に包まれていた。

「……はあ」

お咎めを受ける覚悟が萎《な》えて、私は声に出して溜め息をつき、肩を落とした。

いつも通り、いつ来るかとビクビクしながら、久遠さんの呼び出しを待つしかないか――。

そう諦めて、次の持ち場に向かおうと、引き返しかけた時。

「……？」

なにやら、ゲートの隅っこの方から、声が聞こえた。

広いロビーからも死角になる、太い柱の陰。辺りを憚ってか声は小さいけど、時々感情的に上擦《うわず》る感じで、不穏な空気が漂ってくる。

なんだろう。トラブルでも起きている？

私は、恐る恐る、そちらに歩いていった。

なにか困っているようなら、お手伝いしないと。

近付いていったのは、そんな業務上の使命感からで、決して好奇心が湧いたわけではなかったけれど。

「恋人面だなんて……ひどいですっ」

なにかを詰《なじ》るような、女性のヒステリックな声を拾って、私はギクリと足を止めた。

「久遠さん、私のこと弄《もてあそ》んでたんですか……⁉」

涙で詰まったその言葉の中に出てきた名前に、ドキッと胸が跳ねる。

久遠……。そうそうお目にかからない、珍しい名字だ。

もちろん、あの久遠機長のこと、だよね？

私が思考を働かせると同時に、低く鋭い声が耳に届いた。

「人聞きの悪い。俺がいつ、君を弄んだと言うんだ」

私が言われたわけじゃないのに、条件反射でビシッと背筋を伸ばす。

この、威圧感たっぷりで、聞くだけで肝が縮み上がる声。

久遠さんで、間違いない。

「君が、一方的にまとわりついてきただけだろ。俺は誘いに応じたことも、思わせぶりな言葉を口にした記憶もない」

蔑《さげす》み混じりの冷たい声で、呆《あき》れ果てたように続ける。

「地方泊のたびに、部屋を訪ねてこられるのも困るんだ。そういうのが目的なら、他のパイロットを当たってくれ。俺は君に手間暇かけて準備を施してまで、抱く気にならない」

なんとも赤裸々で、皮肉たっぷりの苦言。

これは……もしかしなくても、〝痴話《ちわ》喧嘩〟というものでは……。

いつの間にか好奇心の方が勝って、物陰に隠れたふたりが見えるところまで、近付いてしまった。

やっぱり、久遠さんだった。

フライトを終えてすぐだから、無条件でカッコいいパイロットの制服姿。白いパリッとしたシャツに、金色の四本ラインの肩章が、たまらなく神々しくて凛々《りり》しい。

いつもはしっかりかぶっている制帽を、今は小脇に抱えている。

フライト中はすっきりセットされている前髪も、業務終了間際とあって幾分乱れ、さらりと額にかかっているのが、なぜか妙に艶《つや》っぽい。

「ひ、ひどい……」

見た目だけはパーフェクトなパイロットを涙声で詰っているのは、私も顔だけ知っているCAだった。

久遠さんと同じ航空会社の、制服姿。スラッと背が高く、美しくまとめたヘアスタイル。

美形なパイロットとCAが向かい合って話す様は、なんとも絵になる。

だけど、その会話の内容は不穏でえげつない。

「抱く気にならないって……私に魅力がないってことですかっ」

負けじと食ってかかる彼女の前で、久遠さんはこれ見よがしな溜め息をつく。

「自分に誘惑されたら、男は誰でもコロッと堕《お》ちるとでも思ってるのか。あいにく俺は、貴重な時間を割くだけの価値があると思う女しか抱かないよ」

うわあああ……。

どう聞いても修羅場的な内容に、思わずドン引きしてしまう。

CAの方は〝弄ばれた〟と思ってるようだけど、久遠さんの言い分からすると、そこに〝身体の関係〟は窺《うかが》えない。

両者の見解は相違するものの、〝誘惑〟とか〝抱く〟って言葉が出てくること自体、なにか濃密で危険な状況にあったであろうことは想像できる——。

逞《たくま》しい妄想が働き、私はゴクリと喉を鳴らした。

社内でも最上級クラスのエリート機長が、同僚のCAとふしだらで不実な遊びの関係!?

とんでもなくスキャンダラスな香りが漂い、私はその場に縫い留められたように動けない。

と、その時。

「っ……最低っ‼」

捨て台詞《ぜりふ》と共に、パンッと空気を裂くような破裂音がロビーに響いた。

思わずビクッと肩を縮めて、恐る恐る目を凝らすと、久遠さんが顔を背けている。

彼女に平手打ちされたのか、頬が赤くなっているのが確認できた。

怒り心頭のＣＡは、彼に踵《きびす》を返して、バタバタと走り出す。

なんとも間の悪いことに、私のいる方向に駆けてきた。

彼女は泣き顔を両手で覆《おお》っていたから、すれ違ったのがグランドスタッフだとは気付かなかったと思うけど、その背を目で追った久遠さんとは、正面からバチッと目が合ってしまい……。

「……あ」

お互い、同じ形に口を開けて、宙で目線を交わす。

次の瞬間、彼がものすごく不機嫌に顔を歪めるのを見て、私は慌ててその場から逃げ去ろうとした。

ところが。

「おいこら、待て」

大きな歩幅でツカツカと歩み寄った久遠さんに、首根っこを捕まえられた。

「っ……」

それでも逃げたい一心で、足を前に進めようとする私に、彼が短く浅い息を吐く。

「立ち聞き、趣味か」

冷気漂うひと言に震え上がりながらも、私はジタバタするのだけはやめた。

「は、離してください」

襟を掴んでいる彼の手を振りほどこうと、首の後ろに手を回すと、わりとすんなり離してくれた。

解放されて、思い切って彼に向き直る。

「すみません！　お話を聞く気はなかったんですが、久遠さんを捜していて、聞こえてしまって……」

「俺を捜して？　なぜ」

訝《いぶか》し気に眉尻を上げる彼の前で、私は一度大きく深呼吸をした。

「先ほどの、札幌行きで。私のミスで、離陸が遅れてしまい、久遠さんがご立腹だと伺いました」

「当然だろ」

「っ……だから、お叱りを受ける前に自ら謝罪にと。申し訳ありませんでしたっ‼」

こうなったら、先手先手で反省の色を見せるしかない。

私は声を張って、勢いよく頭を下げた。

頭上からは、これ見よがしな溜め息が降ってくる。

「お前、その反省を、次に生かそうって心意気はないのか？」

蔑むような言葉で返され、さすがにグッと詰まる。

私はゆっくり顔を上げてから、「いえ」と微妙に胸を張った。

「心意気は、もちろんあります。でも……」

『久遠さんが怖すぎて。次こそはと思うと、かえって身体に力が入って萎縮してしまうんです』

さすがに、本音をズバッと口に出す勇気はない。

口ごもったせいで、私の仕事への誠意を疑ったのか、久遠さんがムッと唇を結んだ。

「まあ、持ち場を離れて、こんなとこで人の話を立ち聞きしてるくらいだしな。謝罪に来ただけ、まだマシってことにしといてやるよ」

立ち聞きされた腹いせか、いつも以上に辛辣《しんらつ》に言ってくれる。

「い、今は！　ちゃんと同僚に持ち場を交換してもらって、久遠さんのフライトを担当してたんです！」

私が仕事をサボってここにいると決めつけ、しかもあまりに頭ごなしな言い方に、ムキになって反論した。

彼は『うるさいな』とばかりに顔をしかめて、軽く背を仰《の》け反《ぞ》らせる。

「ああ、そ」

「久遠さんが降機されるの、待ってるつもりでした。でも、乗り継ぎのお客様を案内していて。急いで戻ってきたところで……」

説明しているうちに、悔しさばかりが胸に込み上げてきた。

そりゃあ、ミスばかりしている私が悪いんだけど。

それで、久遠さんに目をつけられたのも、自業自得なんだけど。

久遠さんは、私のすべてを全否定している。だから、こんなこてんぱんに言ってくるんだ。

ネガティブな方向に思考が傾くが最後、私はさっきのＣＡの怒りに、激しく同調し始めた。

そうよ、あんな言い方。こんな言い方。いくらなんでも、久遠さんは冷酷で傲慢《ごうまん》すぎる——。

「久遠さんは、言い方も態度も、意地悪で冷たすぎます‼」

一気に感情が昂《たかぶ》って、私は吐き捨てるように言ってしまっていた。

「……は?」

久遠さんが、ますます不快気に眉をひそめるのが、視界の端に映る。

「さっきのCAさんにも、あんな言い方……」

本筋から離れて、全然関係ない話題を蒸し返しているとわかっていても、抑えが利かなかった。

「まとわりついてきた、なんてひどい。っていうか、誘惑って……! 久遠さんは無自覚でも、思わせぶりな言動したかもしれないじゃないですか」

「………」

「久遠さんからしたら、勘違いして恋人面されたってことかもしれないけど、その気にさせた時点で、充分弄んでます」

言い募りながら興奮を強める私に、彼は本気で苛立《いらだ》った顔をして、ハッと浅い息を吐いた。そして。

「おい。一応、まだ業務時間中だろ。もういいから、さっさと持ち場に戻れ」

都合が悪くなって逃げるつもりか、虫でも払うようにヒラヒラと手をかざす。

あしらう仕草に、カチンと来てしまった。

「久遠さんこそ。フライト後だからって、CAと痴話喧嘩なんて。社内きってのエリート機長のくせに、会社の恥です！」

胸の中で荒ぶる波を抑え切れず、私はそう叫んでいた。

久遠さんはグッと言葉に詰まって、そのまま口を噤《つぐ》んだ。

無言のまま、忌々《いまいま》し気に目を逸らすのを見て、私の勢いも削がれる。

「え、っと……？」

私……久遠さんに、なんて言った……？

考えるまでもなく、たった今自ら発した言葉は、頭の中で反響している。

全身からサーッと血の気が引いて、寒々しさに襲われて凍りつく。

私が大事な仕事で迷惑をかけまくりなのは、自他共に認める事実なのに、なにを偉そうに〝会社の恥〟だなんて。

次にまたミスした時、十倍返しされるに決まってる……‼

「す、すみませ……」

条件反射の謝罪を全部言い切る前に、いきなり腕を掴み上げられた。

「っ、え……」

力任せにグイと引っ張られ、前につんのめる。

よろけた私の腰に、彼のもう片方の腕が回された。

大きく見開いた目に、久遠さんの本当に怖いくらい整った顔が、ドアップで映り込む。

そして、次の瞬間。

「……‼」

彼の男らしい薄い唇が、私のそれに重ねられていた。

とっさにひゅっと喉を鳴らして息をのんだ私に構わず、腰を引き寄せながら、自らも一歩踏み込んで強く押し当ててくる。

「っ……久遠さっ……」

ギョッと目を剥いて、無意識に動かした唇を、音を立てて吸い上げられる。

私は、反射的にビクンと身を震わせた。

わずかに開いた唇から、割って入ってこようとする、熱い舌に気付き、

「～～っ‼」

無我夢中で、彼の胸を両手で押して突き飛ばした。

「いっ……いきなり、なにをするんですかっ……‼」

まだ生々しい感触が残る唇を、手の甲でゴシゴシ擦る。

久遠さんは私の行動を予測していたのか、突き飛ばしたはずなのに、それほどバランスを崩していない。

薄い笑みを浮かべ、腕組みをして、

「フライト後にCAと痴話喧嘩して、会社の恥？　確かにそうだろうが、業務時間中にパイロットとキスしてるお前に、人のこと言えないだろ」

仕事の鬼の久遠さんに、〝会社の恥〟というワードは、相当刺さったらしい。

やけにねっとりと言ったかと思うと、妖艶《ようえん》に目を細め、ふっと口角を上げる。

「⁉」

「これでお前も同罪だ」

どこまでも太々《ふてぶて》しく、不遜に言って退《の》けられて、私の頭はカーッと熱くなり……。

「さ、最低っ……！」

先ほどのCAと同じ捨て台詞をかまし、大きく右手を振りかざした。

遠慮なく払った手が、彼の左の頬に命中して、バシッという破裂音がロビーに響く。

「いっ……つう……」

さすがに、私がひっぱたくとは思っていなかったのか、久遠さんが小さな呻《うめ》き声をあげた。

そして、またしても不快気な目をして、ギロッと睨《にら》んでくる。

「いってえな。なにするんだよ」

「た、叩かれて当然のことをしたのは、そっちじゃないですか！」

頭から蒸気が噴きそうなほど、怒りで顔を真っ赤にして、私は相手が誰かも忘れて怒鳴った。

私の剣幕にちょっと呆気《あっけ》に取られた様子で、目を丸くして頬をさする久遠さんに、クルッと踵を返す。

「あ、おい」

彼は呼び止めようとしていたけど、こっちはもうそれどころじゃない。

怒りと興奮とパニックで、頭の中はもうしっちゃかめっちゃか。

ひとつだけはっきりしてるのは、彼がさっき言った通り、私は業務中で、すぐに持ち場に戻らなきゃいけないという事実だけ。

私は、それ以上久遠さんの顔を見ることもできないまま、脱兎《だっと》のごとく逃げ出したのだった。

クルーとの飲み会は波乱三昧

梅雨《つゆ》のぐずついた天気が続く、七月中旬。

早番での勤務を終えた私は、時々言葉を交わすようになった副操縦士の風見《かざみ》彗《すい》さんに、

「せっかく同じ空港で働いてるんだし、交流会ってことで、一緒に飲みに行かない？」

と誘われた。

毎日曇天《どんてん》の空と同様、私の気持ちもジメジメジメジメ……。

少しでも憂さ晴らしがしたくて、誘いに応じることにした。

空港付近じゃお店も少ないから、電車で数駅移動して、五時の開店と同時に入った和風居酒屋。

交流会という言葉通り、彼は他の人にも声をかけてくれていた。

私の斜め前に、風見さんの先輩副操縦士の水無瀬《みなせ》透《とおる》さん、向かいにＣＡの今野《こんの》瞳《ひとみ》さん。私の隣には風見さんが座り、総勢四人でテーブルを囲む。

みんな制服勤務だから、通勤時の服装はかなりカジュアルだ。

私も、袖がヒラヒラの白いカットソーに、紺色の膝丈フレアスカート。

仕事帰り、ほどよい抜け感が揃っている。

水無瀬さんも今野さんも、顔を知っている程度だ。普段はなかなか、ゆっくり話す機会がない。

さすがに私も少し緊張したものの、ビールで乾杯して、主に仕事の話題で会話に花を咲かせるうちに、だいぶ場の空気も砕けてきた。

CAとパイロットは、乗務前十二時間は飲酒禁止という厳しい規則がある。

でも、明日、風見さんと今野さんは公休。

水無瀬さんは本社で地上勤務だそうで、みんなお酒を控えることはない。

私も遅番勤務だから、飲んで食べて嫌なことを忘れてしまおうと、ピッチ早めに、ビールジョッキを空にした。

「あのっ！　聞いてもいいですか」

次のサワーを頼んだ後、私は思い切って切り出した。

「ん？」と促してくれたのは、対角線の水無瀬さんだ。

爽やかで気さくな印象の、超イケメン。年は三十歳で、新婚ホヤホヤ。奥様は同期で、本社の財務部に勤務しているそうだ。

既婚者でも、ＣＡやグランドスタッフの間で根強い人気がある。

それも納得。

だって、とても優しい人だ。

だけど、私が今話題にしたいのは、彼とは真逆の、俺様で傲慢な鬼機長のこと――。

「久遠さん……って。皆さんにとっても、あんな人なんですか」

この間からのムカムカが消えない。

お酒が入って少し気が大きくなったのもあり、オブラートに包むのも忘れて、心のままに言ってしまった。

事情を知っている風見さんだけが、苦笑する。

「あんなって……どんな？」

今野さんはパチパチと瞬きをして、私というより風見さんに答えを求めた。

彼は二杯目のビールをグイと傾けてから、肩を竦める。

「遥ちゃん、ゲート案内に異動して間もない頃、久遠さんのフライトを三十分ディレイさせたことがあって。以来、目つけられてるんですよ」

それを聞いて、水無瀬さんも「あーあー」と困ったように目尻を下げる。

「それは俺もちょっと困るから、酒匂さんにドンマイとも言ってあげられないんだけど……」

「あ、いえ！　その……仕事に厳しいという点だけじゃなくてですね」

「確かに厳しいけど、自分にはもっともっと厳しいからね。決して悪い人じゃないよ」

水無瀬さんは、私が補足しようとしたのをさらっと流して、久遠さんをかばう。

そして、「な？」と今野さんに同意を求めた。

今野さんは、水無瀬さんとその奥様の同期だそうだ。美人だけど、わりとサバサバした感じで、ＣＡの中でも特に親しみやすい。

ホッケの身をほぐすのに夢中になっていた彼女だけど、話は耳に入っていたのか、「うん」と相槌《あいづち》を打った。

「チームの人間関係を考えると、人のミスは注意しにくかったりするじゃない？　でもあの人は、機長として全部かぶって言ってくれるから、同じチームだとやりやすい」

たくさんほぐした身を、わりと豪快にガバッと箸で取り、口に運んで頬張る彼女に、私は思わず身を乗り出した。

「や、やりやすい……ですか？」

「まあ、遥ちゃんには、怖くて嫌な男かもしれないけど」

風見さんが、ふたりの意見を引き取って、目尻を下げる。

彼は私より三つ年上。去年副操縦士になったばかりで、まだ経験も浅い。

フライト中はどうか知らないけど、顔を合わせると言葉を交わすようになって三回目で、私を〝遥ちゃん〟と呼び始めたあたり、ややチャラいお調子者という印象を抱いていた。

それもあって、私は勝手に、久遠さんからやり込められている〝同志〟と思っていた。なのに久遠さんの擁護に回られて、私はグッと言葉に詰まった。

「俺たちからすれば、機長って〝上司〟だしね。少しくらい強引で厳しくても、頼もしいからついていく」

風見さんの言葉を聞いて、そっと他のふたりに視線を流す。

水無瀬さんも、だし巻き卵を綺麗に箸で切りながら、うんうんというように頷いていた。

「チームを大事にしてくれるから、気持ちよくフライトできるね」

「チームを大事に……？」

意外すぎて、私は瞬きばかり繰り返した。

相当な俺様で傲慢だし、あの時、CAにも容赦ない言いようだった。

みんなも、ワンマン機長と言うに違いないと信じて、疑いもしなかったのに。

「そ。機内のクルーだけじゃない。地上の遥ちゃんたちも含めてね」

風見さんにバチッとウィンクして言われて、私は思わず瞬きをしてしまった。

私もフライトチームの〝一員〟。

そう言ってもらえるのは嬉しいけど……。

「私。いつもちゃんと気合入れてるんですけど……久遠さんのフライトだと思うと、身体が強張っちゃって」

言い訳だとわかっていながら、私はしゅんとしてボソボソと呟く。

少なくとも、足手まといでしかない私のことは、久遠さんもチームの一員とは認めてくれていない……と思う。

「でも、久遠さん、見込みのない人間には、むしろなにも言わない人よ」

今野さんが、モグモグと口を動かしながらそう言った。

「え？」

「グランドスタッフの酒匂さんを、機長自ら注意するのは、なにか評価する部分があるからじゃないかなあ。ＣＡでも、視界に入れてもらえない人が何人かいるし」

クスッと悪戯《いたずら》っぽく笑ってうそぶくのに乗じて、私は腰を浮かせた。

そう、ＣＡの今野さんには、本当はそこを一番聞きたかった。

「あのっ！　それじゃあ、そういうところはどういう人なんですか⁉」

意気込んだものの、直接的な言葉では聞けない。

「そういうところはどういう、って……」

なんとも歯に衣着せた聞き方になってしまい、水無瀬さんが愉快そうに吹き出した。

なにかのツボに入ったのか、肩を揺らして笑っている。

「そういうところっていうのは、女性関係？」と今野さんが補足して、「どういう人っていうのは、遊んでるかそうじゃないか、って？」と風見さんが結論を導く。

絶妙なコンビネーションのふたりに、私は大きく首を縦に振って応えてみせた。

「皆さんの話から考えると、ＣＡさんからも人気あるでしょう？　その……恋人の噂とかは……？」

ちょっと言葉を選びながら窺うように訊ねると、みんな一度顔を見合わせてから、今野さんに返答を譲った。

「確かに人気あるけど、そんな噂は聞いたことないなあ」

「えっ。でも」

この間、〝痴話喧嘩〟を立ち聞きしてしまった私は、納得いかずに微妙に首を傾げる。

「それとも、酒匂さんはなにか聞いた？」

逆に問われて、思わず口ごもった。

さすがに、あの時のことを全部話すのはためらわれる。

「えっと……。最低って言ってる人が……」

結局、ＣＡの最後の捨て台詞だけ呟いて、言い淀んだ。

「まったく取り合ってもらえなかったとか、やっかみじゃないかな。久遠さん、男の俺から見てもカッコいいって思うし……って」

水無瀬さんが、言ってる途中でふとテーブルに目を落とした。

端っこに置いてあったスマホを手に取り、「悪い」と立ち上がる。

「……理華《りか》から？」

今野さんが頬杖をついて、ニヤニヤしながら声をかける。

彼は、「そ」とひと言だけ返して、テーブルから離れていった。

その様子からすると、奥様だろう。

私もテーブルに肘をついて両手の指を絡め、彼の背中を見送ったけど……。

「私は、水無瀬さんの方が好きだけどなあ」

無意識に独《ひと》り言《ご》ちたのを、風見さんが聞き拾って、「ぶっ……」と隣で噎《む》せ込んだ。

「ちょっ、遥ちゃん！　それ。誰と比べて、水無瀬さんって答えなわけ!?」

ゴホゴホと咳き込みながら、涙目で身を乗り出してくるのにギョッとして、思わず背を反らして逃げた。

「だ、誰って。そりゃもちろん、久遠さんですよ」

会話の流れからして、それが当然だと思う。

「久遠さんは、確かにイケメンだしエリートですけど。水無瀬さんは同じイケメンでも、優しいし気さくだし、楽しいじゃないですか」

私が即答すると、風見さんがむうっと唇を尖らせる。

「……水無瀬さん、既婚者だよ」

「もちろん、知ってますよ。現実問題どうとかじゃなくて、水無瀬さんが久遠さんのこと、カッコいいって言ったから。私は……ってだけで」

私たちのやり取りを聞いて、今野さんがクスクス笑った。

「自分と比べて既婚の水無瀬君……じゃ、立場ないもんねえ？」

「っ、今野さん」

風見さんは一瞬グッと詰まってから、骨張った手の甲でグイと口元を拭った。

「……？」

なにか慌てた様子の彼の横顔を、私はそっと窺った。

そうこうしていると、水無瀬さんがテーブルに戻ってきた。

だけど、席にはつかずに、荷物を手に取る。

「ごめん。俺、帰るわ」

「え、水無瀬さん、もう帰っちゃうんですか」

弾かれたように顔を上げた風見さんに、彼は片手を立てて「ごめん」と片目を瞑《つぶ》る。

「今日飲んで帰るって、奥さんにLINEしといたんだけど、確認してなかったみたいで。夕食、用意してくれちゃってさ」

やや照れくさそうにはにかんだ笑顔に、なぜだか私までドキッとしてしまう。

「やれやれ。新婚さんだもんねー。理華の手料理の方が大事よね」

ふたりとは同期だからか、今野さんが意地悪な目をして揶揄《やゆ》する。

「まあ……自信満々で、『うまくできたの！』って言われちゃあさ。……滅多にないことだし」

「え？」

水無瀬さんがわかりやすい苦笑を浮かべるのを見て、私はきょとんとして聞き返した。

それは、「いや、こっちの話」と明後日《あさって》の方向を見てはぐらかされる。

「風見、悪い。これで出しといて。釣り、いいから」

「了解。ゴチです」

一万円札を差し出された風見さんが、芝居がかって両手で押し頂いた。

「それから……酒匂さん」

水無瀬さんが私をちらりと見遣り、口角を上げてニヤッと笑った。

なにか企んでいるような悪戯っぽい瞳に、私は首を傾ける。

「はい？」

「俺の代わりに、久遠さん呼び出しといたから」

バチッとウィンクして言われた意味が、瞬時に理解できない。

「……は」

私が一拍分の間を置いて返す前に、またしても風見さんが噴いていた。

「久遠さん、明日スタンバイなんだけど。飯だけ食いに来るって言うから、ちょうどいい。腹を割って話してみたら？　意外と打ち解けられるんじゃないの？」

飄々《ひょうひょう》と言って退け、「じゃ！」と颯爽《さっそう》と手を振る水無瀬さんを、今野さんも呆気に取られた様子で見送っていたけど。

「水無瀬君って、ソツなく見えて、時々空気読めないのよね」

「雲と風の読みは完璧なんですけどね……」

そう相槌を打つ風見さんに彼女は頷いて返し、肩を動かして大きな息を吐いてから、私に上目遣いの視線を向けてくる。

「大丈夫？　酒匂さん」

「だっ」

――大丈夫じゃないーっ‼

私は、これまで楽しく飲んだお酒の酔いが一気に醒めるくらい、顔面を蒼白にしてしまった。

水無瀬さんが爽やかに投下していった〝爆弾〟は、それから二十分ほどして現れた。

制服勤務が故、すっきりした紺色のTシャツに涼し気なアイボリーのジャケット姿で、カジュアルな装いだ。

初めて私服を見たけど、勤務中と違い、前髪が額に下りているのもあって、年齢よりも若く見える。

この蒸し暑い梅雨時に、久遠さんは、汗もかかなそうな涼しい顔をしていたけど。

「なんでお前がここにいる」

さっきまで水無瀬さんが座っていた席に腰を下ろそうとして私に気付き、一瞬目を見開いた後、渋い表情をした。

「ええと……もともと、俺が遥ちゃんを誘っての飲み会でして」

彼の正面の席で、風見さんが頭をガシガシかいて説明する。

「……遥ちゃん？」

久遠さんが、そこに反応して、ピクリと眉尻を上げた。

「……私のファーストネームです」

私は無意味に肩を力ませ、全身ガチガチになって補足した。

「知ってる」

「え？」

彼が、プイと顔を背けながら言った言葉を聞き取れず、首を傾げる。

そこに。

「はい、久遠機長。スタンバイだそうで。烏龍茶ですけど、よろしいですか？」

さすがＣＡ。絶妙な気配り。

今野さんはすでに、彼の分のドリンクをオーダーしていて、横からスッと差し出した。

スタンバイというのは、パイロットに欠員が出た時、代わりに乗務する代替要員のことだ。出社の必要はなく、資格試験の勉強などに充てて、自宅でのんびり過ごすことが多いようだけど、呼び出されて乗務する可能性がある以上、飲酒禁止の規則は同じ。

久遠さんも、「サンキュ」と軽く応じて受け取る。

「それじゃ……なんか変な面子《メンツ》になっちゃいましたけど……」

風見さんが、微妙な空気を変えようとして、グラスを片手にサッと立ち上がった。

久遠さんは〝変な面子〟と聞いて、ちらりと私に横目を向けてくる。

黙ってグラスを揺らしているけど、きっと、『お前がいるから不自然なんだ』とでも思ってるんだろう。

もちろん私だって、ほんと、今すぐ逃げ出したいくらい、場違いだと自覚している。

「久遠機長もいらしたことだし、改めて乾杯といきましょうか！」

風見さんが、どこかぎこちないものの、場を仕切って乾杯の音頭を取ってくれる。

だというのに、

「俺は飯だけだ。酒飲んでるヤツだけでやれ」

久遠さんはつれなく言って退け、プイとそっぽを向いてしまった。

乾杯拒否は、十中八九私のせい……。

多分、絶対、この間ひっぱたいたことを、根に持ってるんだ。

さすがの風見さんも、眉をハの字に下げる。

「まあ、そんなこと仰《おっしゃ》らずに！　たまには、同じ空港で働く者同士、交流会だと思ってくださいって。じゃ、乾杯っ」

「か、かんぱ～い……」

私は肩を縮こめたまま、半分空いたサワーのグラスを掲げた。うだうだ言っていた久遠さんも、無言でグラスを持ち上げて応じる。

でも、対角線に座っている私たちのグラスが、ぶつかることはなかった。

久遠さんが合流してほんの十分ほどで、私はお手洗いに中座した。

風見さんと今野さんが、彼に話題を振ってくれるおかげで、私はほとんど会話に参加することなく、ちびちびとお酒を飲み進めるだけ。

テーブルの木目模様にジッと目を凝らし、年輪を数えていれば、久遠さんと目が合うこともないけれど。

「……はあああっ」

洗面台に両手をついて、お腹の底から深い息を吐いた。

──気まずい。

あれから二週間近く経っても、私は彼にキスされたことを、記憶から抹消できずにいた。

仕事中でも、ひと息ついたタイミングで意思に関係なく脳裏を掠《かす》め、そのたびに落ち着かなくなってしまう。

あのゲートでの業務となると最悪で、終始そわそわして、まったく仕事に身が入らない。

こうなっては、どうしようもない。

私は主任に直訴して、久遠さんのフライトから、担当を外してもらっていた。

仕事に私情を挟みたくないけど、顔を見るたびにムカムカしそうだし、気が散って、結果的にミスに繋《つな》がるのが目に見えている。

さらなる悪循環になるのを阻止するために、とにかく、久遠さんの姿が視界に入らないところに退避するのは、当然の対処だった。

〝被害者〟の私が、コソコソと逃げ隠れしている現状は悔しいけど、おかげで仕事はなんとか順調だ。

なのに、まさか……無防備に、開放感を味わっていいはずのプライベートの飲み会で、同席する羽目になるなんて――。

「いや、堂々としてればいいのよ。どう考えたって、悪いのは向こうだって明らかなんだし！」

鏡に映る自分を励ましたものの、私はやっぱりがっくりとこうべを垂れた。

キスのことは、ちゃんとした謝罪が欲しい。

でも、仕事から離れたプライベートの場でも、久遠さんに堂々と対せるほど、私は図太くない。

とはいえ、いつまでも木の年輪を数えていては、せっかくの交流会も台無しだ。

「私も、水無瀬さんと帰ればよかったな……」

溜め息混じりに独り言ちながら、化粧室から出た。

すると。

「お前、最近見かけなかったな」

通路に足を踏み出した途端、いきなりそんな声が降ってきた。

「……!?」

ギョッとして振り仰ぐと、久遠さんが腕組みをして、すぐ横の壁にもたれかかっていた。

紺のTシャツに、ストレートタイプの黒いチノパン。カジュアルな服装のせいか、普段の鬼機長の威圧感が和らぎ、ちょっと緩い体勢も決まっている。

「く、久遠さ……！」

「おかげでこっちは、かなりスムーズに仕事できた。辞めたのかと思ってたけど、コーパイたちと酒盛りするくらいなら、まだ残ってるのか」

ちらりと横目を向けられて、不覚にもグッと詰まった。

無視して立ち去ろうと思ったけど、それじゃさすがに態度が悪いし、なにより言い負かされたみたいで悔しい。

ええい、堂々と。堂々、と……‼

自分を鼓舞《こぶ》して、頬がピクピク引きつるのをなんとかこらえ、笑ってみせる。

「お疲れ様です、久遠さん。ご期待に添えず申し訳ないですが、久遠さんのフライトに就いていないだけです。スムーズなようなら、よかったです。私の方も、と〜っても平穏なので」

久遠さんが、ピクリと眉尻を上げて、なにやら訳知り顔で「は〜ん」と呟いた。

「俺から逃げて、ぬるま湯に浸かることにしたか。この間俺を平手打ちしたことなら、百歩譲って許してやるぞ」

上から目線のドヤ顔。

しかも、自分のしたことを棚に上げた態度に、さすがにカチンと来る。

「ひっぱたかれて当然のことをしたのは、久遠さんじゃないですか！」

自ら一歩踏み込み、百八十センチ近い長身の彼を、喉を仰け反らせて見上げた。

「それに、許すも許さないも、私が決めることです！　久遠さんの方こそ、私に謝ることがあるでしょう？」

彼の態度があまりに太々しいから、私の興奮も収まらない。

鼻息荒く食ってかかる私に、久遠さんがふっと眉根を寄せた。

「なんだっけ」

「とぼけないでください！　私にキ……キス、したじゃないですかっ」

噛みつきそうな勢いで怒鳴ると、彼はムッと唇をへの字に曲げる。

「あ、あんなことされた後じゃ。仕事中でも、顔見たら思い出すし……」

なかったことにしたい、葬《ほうむ》り去りたい記憶に、自ら彼を導く屈辱で、私は目線を横に逃がした。

なのに、久遠さんは、クッと笑って私を遮る。

「あのくらいで。仕事中に思い出して、ドキドキするほどのキスでもなかっただろ」

「！　ドキドキじゃなくて、ムカムカです！　私、怒ってるんですよ。当たり前じゃないですか！」

反省の色もなく、むしろ飄々とうそぶかれ、私はあの時の怒りを再燃させた。

私の剣幕に押されたのか、久遠さんは顎を引いて見下ろしてくる。

「ついでに説明しますけど、久遠さんから逃げ出したわけじゃない。あなたの顔を見たら気が散って、ミスも増えそうだから、そうならないように外してもらっただけで……」

「それで、風見と接点が増えたか。この短期間で下の名前で呼ばせるようになるなんて、随分と打ち解けたもんだな」

「は？」

いきなり話題をすり替えられた。

しかも、私より不機嫌な様子だから、虚を衝かれて一瞬きょとんとしてしまう。

彼はハッと浅い息を吐いて、壁から背を起こし、

「男にかまける暇があるとは、余裕じゃないか」

ズケズケと言って退け、腕組みしたまま、私の前に立ち塞がった。

「か、勝手なこと言わないでくださいっ」

さすがに憤慨してしまった。

「風見さんが下の名前で私を呼ぶのは、彼が気さくな人だから。今日も、空港勤務者同士の交流会に誘ってくれただけです。かまけてるなんて、言いがかり……」

「ああ、風見より俺の方がよほど接点があるし、お前ともよく話したよな」

私より強く張ったよく通る声に阻まれ、私はグッと口を噤んだ。

久遠さんが、私を見下ろす目を意地悪に細める。

「それなら俺も、親しみを込めて、〝遥ちゃん〟と名前で呼ぼうか」

皮肉っぽく畳みかけられる言葉に、なんの意図があるかわからなくて、私は不審感を強めて眉間に皺を寄せた。

「て、丁重にお断りします。久遠さんに親しみを感じたことなんてないし、そもそも〝お話し〟なんかしてません」

そう、久遠さんと向かい合う時、私は目を合わせることもできず、ただひたすら厳しい叱責に耐えているだけ。壊れたオルゴールみたいに、『ごめんなさい、すみません』を繰り返すばかりなのに、あれが〝お話し〟なんてとんでもない。

「……ふん」

久遠さんは、鼻を鳴らしてそっぽを向いてしまった。

それで会話が収まった感があったから、私は気を取り直して背筋を伸ばした。

席に戻ろうと、黙礼して彼の横を通り過ぎようとすると。

「待て。悪かった。……謝る」

「っ、へ？」

肘を引いて、止められた。

「キスしたこと。謝罪が欲しいんだろ」

確かに、私はそれを求めたけど、真摯《しんし》で誠実どころか、むしろ太々しくて、まったく謝罪に聞こえない。

でも、久遠さんが私に向けるワードとしては、かなりレアだったから、私は不覚にも言葉に詰まってしまった。

「だから、仕事に私情を挟むな。明日以降、俺のフライトを避けるようなことがあれば、そっちの上司に苦情入れるぞ」

「っ、はい？」

「俺のフライトに就け。そう言ってる」

「…………」

久遠さんは性懲りもなく、不遜な命令を繰り出してくる。

いくら機長とはいえ、グランドスタッフの持ち場にまで口出しする権利はないはず。あまりの越権行為に、私は呆気に取られてしまった。

だけど。

「なんで、久遠さんに、そんなこと言われなきゃいけないんですか」

肩から大きく腕を動かし、彼の手を払ってから、虚勢を張って胸を反らす。

大して威圧感もなかったろうに、意外にも、彼の方が私から目を逸らした。

「第一。久遠さんの方こそ、フライト、スムーズだって言ったじゃないですか。私の顔見なくて、清々しいって思ってるでしょう?」

私がかぶせて続けると、なにかを逡巡《しゅんじゅん》している様子だったけれど。

「……スムーズでは、あるんだけど」

らしくないほど歯切れ悪く、しかも小さな声で呟いた。

「え?」

「コックピットに就いて、また酒匂かとイライラすることがないのが、どうも物足りない。呼び出して叱責することもない毎日で、調子が乗らない」

「っ……。なんですか、そのドS発言はっ！」

あまりの言い草に、私は我を忘れて怒鳴ってしまったけど。

「要は、退屈なんだな、多分。お前の顔を見ない一日は、なんとも単調だ」

久遠さんは、なにやら不服そうに言って、眉根を寄せる。

だけど、その言葉のニュアンスが、深読みするとなかなか意味深で、私の胸はドキッと跳ね上がった。

「え、えと……それは」

自分で到達した結論にそわそわして、ついつい目を泳がせてしまう。

「私がいると、人生楽しいとか生活に張りが出るとか、そういう……」

「図に乗るな。退屈で単調でも、平和な生活は別に悪くない。ただ、思い切り怒りをぶつけて発散する場がなくて、ストレスってだけだ」

「ひ、ひどっ……！」

私は、久遠さんのストレス発散用の、サンドバッグじゃないんですけど!?

わかっているけど、あまりの俺様っぷり。

機上のみんなが言う〝チームを大事にする機長〟とは思えない。

目を白黒させてから、怒りで身体を戦慄《わなな》かせる私に、彼は意地悪にニヤリと笑う。

「お前も飛行機に携わる人間なら、ジャンボの機長の精神安定に一役買うのは、当然の使命だろうが」

どこまでも不遜に、踏ん反り返って言って退ける。

もはや、返す言葉も見つからない。

黙ったまま、わなわなと震える私に、久遠さんはふっと吐息を漏らした。

「それに……俺に怒られない日が続けば、自分の成長の目安になるんじゃないか？」

「え？」

ちょっと声が柔らかくなったように感じて、私はようやく短い言葉を挟むことができた。

「酒匂はおっちょこちょいで、詰めが甘いのが欠点だけど、元気で明るいから、ゲートの雰囲気がよくなる。お前がいるかいないか、俺にもわかるほどに。それは確かに、才能だと認める」

「……！」

いったいどんな俺様よ!?と腹立たしかったのに。

まさかの〝認める〟発言に、私は驚きのあまり目を瞠《みは》った。

「まあ……苦手な俺から逃げて、得意な人間だけに囲まれて仕事をこなせばいい、なんて、ぬるま湯で満足しているようじゃ、成長どころか退化だけどな」

彼の言葉は、〝苦手も含めて克服してこそ、真の成長だ〟と、脳内変換された。

この人は、私に、叱責と嫌みと皮肉しか言わないと思っていた。

なのに、ほんのり温かみを感じる叱咤激励に、地味に胸を打たれる。

「でも、それほど俺が嫌なら勝手にしろ。こちらも平穏な生活に不満はない。お前が退化しようが、俺には関係ないからな」

最後は皮肉で素っ気なく締めくくられたけど、そんなひと言がちっともこたえないくらい。

その前の言葉で、私は充分奮起していた。

久遠さんは私に背を向けて、先に通路を歩いていく。

「ま、待って」

私も、急いでその後を追った。

「……久遠さん。私、明日からまた頑張ります」

彼の一歩後ろについて、そう声をかける。

「俺、明日はいないけどな」

即座に返ってくる、すげない反応。

「スタンバイですよね。だったら、飛ぶ可能性あるじゃないですか……」

意気揚々と重ねる私の前で、久遠さんが角を曲がりかけた時。

「あ、久遠さん！　遥ちゃん見てませんか？」

その向こうから、風見さんの元気な声が聞こえてきた。

「え？」

そこに自分の名前を聞き留めて、久遠さんの背中からひょこっと顔を出す。

私と視線がぶつかると、風見さんが大きく目を見開いた。

「えっ。あれ。もしかして、今まで一緒……だったんですか」

〝犬猿の仲〟の私たちが、席を離れたところで一緒にいたことに、戸惑っているのだろう。彼は、私と久遠さんに交互に視線を向けている。

「ええと……一緒、というわけじゃなくて」

説明しようと、私がとっさに口を開くのを、

「電話が終わったタイミングで、酒匂が化粧室から出てきただけだ」

久遠さんが、淡々とした声で遮った。

スラックスのポケットからスマホを取り出し、それを軽く振るような仕草を見せる。

彼が席を立った理由は、電話のためなのだろう。

「そう……ですか」

風見さんがぎこちなく相槌を打つのを確認すると、久遠さんは無言で足を踏み出した。

そして、まだなにか言いたそうな風見さんを一瞥《いちべつ》もせずに、その横を通り過ぎていってしまう。

風見さんは、久遠さんの背中を目で追った後、再び私に向き直った。

軽く背を屈め、内緒話でもするみたいに、私の耳元に顔を寄せてくる。

「大丈夫？　意地悪なこととか、言われなかった？」

コソッと訊ねられて、私は条件反射で苦笑した。

言われてないと言ったら、嘘になるけど……。

「なんとか……大丈夫です」

自分でも微妙な返事だと自覚してるけど、風見さんが不可解そうな顔をして首を傾げた。

もっとなにか聞きたげな様子に、笑ってみせる。

「私、久遠さんの前に姿を現さない方が、お互いのためだって思ってて。実は、久遠さんのフライトから外してもらってたんです」

「え。そうだったの？」

「はい。……でも、久遠さん、『俺のフライトに就け』って言ってくれて」

そう言いながら、遠ざかっていく広い背中を見つめる。

風見さんは私につられたのか、上体を捩《よじ》って同じ方向を振り返った。

「……久遠さんが？」

「苦手な人を避けて、得意な人だけに囲まれたぬるま湯……ほんとです。これじゃ、ミスはしなくなっても真の成長とは言えないですよね」

疑わし気な口調の彼に、明るく声を張って二の腕に力こぶを作る仕草をしてみせる。

「久遠さん、私の長所も挙げて認めてくれたんです。私でも、久遠さんの迷惑になってるばかりじゃないって思えたから、明日からまた頑張ります！」

風見さんは意表を衝かれたように、パチパチと瞬きをした。

「久遠さんが、遥ちゃんを認めて……励ました？」

ここでも信じられないといった調子で、目を瞠る。

その反応には私も同調して、ひょいと肩を竦めた。

「意外だけど、嬉しかったです。あ！　でも、怖いことに変わりはないし、あんまり関わることなく、平和に過ごしたいですけどね！」

ちょっとおどけて片目を瞑る私に、風見さんは何度か首を縦に振ってから、ふっと目を細めた。

「……そうだよね。仕事でも苦手な人なのに、プライベートでまで会うことになって、ごめん」

「！　いえいえ、そんな。風見さんが悪いわけじゃ！」

この交流会に誘ってくれたのは彼だから、久遠さんが来ることになった事態にも責任を感じているのかもしれない。

もちろん、彼のせいではない。

水無瀬さんだって、私たちの関係修復のためにと、久遠さんを呼んでくれたのだ。

そして、その狙い通り――。

「少しだけ……苦手意識が薄まった……ような気もするし」

「え？」

なんとなくくすぐったい思いで、独り言ちたのを聞き拾われて、私は慌てて首を横に振ってごまかした。

「い、いえ！　席に戻りましょ……って、風見さんはお手洗いですか？」

もう久遠さんの背中は見えないけど、その後を急いで追いかけようとして、私は風見さんがここに来た理由を初めて気にした。

彼は、「いや」と短く返してくる。

「遥ちゃん遅いな、もしかして気分悪くなったりしてないかなって、心配だったから」

「そうでしたか！　心配かけてすみません。でも、大丈夫です」

前髪をさらっとかき上げて、はにかんだ笑みを浮かべる彼に、私も明るく笑って返す。

「それじゃ、戻りましょ。考えてみたら、今野さんひとり置いて、みんな出てきちゃってたんですよね」

思い出してポンと手を打ち、彼の横を通り過ぎながら促す。

風見さんも、「うん」と頷いて答えてくれた。

「でも、彼氏からＬＩＮＥが来たとかで、俺そっちのけでメッセージ返し始めたから、むしろひとりの方が……」

「えっ！　そっか。今野さんって彼氏いるんですね。いいなあ。どんな人だろう」

目線を上に向けてボヤく横顔に、思わず上擦った声で返す。

風見さんが、私を見下ろしてニコッと微笑《ほほえ》んだ。

「〝同業者〟だよ。うちの整備士」

「わ〜、素敵！　それって、もちろん、出会いは空港ですよねっ。話、聞きたいっ」

私の大好きな空、飛行機、そして空港。

そのすべてにまつわる、なんとも理想的な今野さんの恋バナ。

席に戻ったら、早速聞いてみよう。

私は、席を立った時とは打って変わって、心を弾ませて先を急いだ。

予想外の急接近で翻弄されて

早い時間から開始した飲み会は、午後八時にはお開きになった。

居酒屋が入っているショッピングビルから出ると、

「……うわあ」

外は、土砂降りの雨だった。

「やられたわね」

今野さんが、溜め息をつく。

「朝から大気不安定だったし、やっぱりって感じですね」

風見さんが雨脚を確認しようと、手の平を上に向ける横で、私も真っ暗な空を見上げる。

刺すように降りしきる大粒の雨の線が、視認できる。

「帰るまで、もってくれればよかったのにな。遥ちゃん、傘ある？　俺、送るよ」

風見さんが顎を引いて私を見下ろし、そう言ってくれる。

「大丈夫。折り畳み持ってます」

私は返事をしてから、バッグから折り畳み傘を取り出した。

アスファルトに、薄く水が張るほどの雨だ。大きな雨粒が絶え間なく打ちつけられ、膝丈のスカートから剥き出しの脛《すね》に、水飛沫《みずしぶき》がパチパチとかかる。

今や夏の風物詩といって過言ではない、ゲリラ豪雨。

駅に戻る短い間だけど、折り畳みの傘じゃ、あまり役に立たないかもしれない。

まさにそう思ったのか、

「いや、そんな小さい傘じゃ濡れるよ。やっぱり、俺に送らせて……」

風見さんが、もう一度そう言ってくれる横で、

「酒匂さん、どっち方向？」

今野さんが、傘を広げながら訊ねてきた。

「私、ＪＲです」

「そっか。風見君は地下鉄だし、逆方向じゃない」

「え」

「あ。じゃあ、ここで解散ですね」

私は今野さんに、にっこり笑って答えた。

「ほら、風見君、行くわよ」

彼女は、風見さんの肩をトンと押して促す。

「いや、でも。遥ちゃんを誘った俺だから。せめて駅まで……」

彼は、先に歩き出す今野さんと私を交互に見遣りながら、慌てた様子で傘を開いた。

「いいから。押してばかりじゃなく、引くことも覚えなさい」

「う」

なにやらコソコソとやり取りするのに、私はきょとんと首を傾げたものの。

「あの、ありがとうございました。楽しかったです」

土砂降りの空の下に出たふたりに、頭を下げて挨拶をした。

風見さんが、何度も振り返っては大きく腕を振るのに、手をヒラヒラさせて返し、最後は「ふう」と息をついた。

「随分と、気に入られてるな」

さっきから、一番端っこで無言だった久遠さんが、そこで口を挟んできた。

そういえばさっきも、風見さんのことで突っかかられたっけ、と思い出す。

私はひょいと肩を動かして、なんとなくそっぽを向いた。

「気に入られてるとかじゃなくて、風見さんは、誰にでもフレンドリーな人です」

「フレンドリーでも、誰彼構わず飲みに誘いやしないだろ。いい気になって振り回すなよ」

「…………」

いい気になる、なんて、ひどい言い草。

また、仕事中男にかまけてるとか、言いたいのかな。

思いのほか波乱万丈な交流会になったけど、今野さんの恋バナも聞けて、最後は楽しく過ごすことができた。

久遠さんへの苦手意識も、少しだけ和らいだ気がするからこそ、今その話を蒸し返されたくない。

「……久遠さんは、地下鉄じゃないんですね」

私はあえて会話を切り上げ、もう見えない背中を捜して、ふたりが歩いていった方向に顔を向けた。

彼らと一緒に行かなかったということは、地下鉄ではないのだろう。

もしかして、私と同じJRじゃ……と考えて、妙な緊張感が湧いてきた。

そうなると、駅まで一緒ということになる。

同じ方向に行くのに、『それじゃ、さようなら』と避けるのもあからさまだし、かといって、短い距離とはいえ、並んで歩くのも尻込みする。

いや、むしろ、久遠さんの方が嫌がるんじゃ……と、地味に葛藤していると、

「俺は徒歩。ここから、走ってほんの数分だ」

しれっと言われて、私はパチパチと瞬きを返した。

この駅、羽田空港からもほど近く、セレブ感漂う高級住宅地なのに、さすが高給取りの機長。

空港までギリギリ一時間内の街で、狭苦しいワンルームマンション暮らしの私とは、月とスッポン。

不規則なシフト勤務だし、本当はもっと近くに引っ越したい。

でも、家賃が高くて手が届かないから、仕方がない。

久遠さんって、まさに〝雲の上の人〟――。

「そ、そうですか。空港に近くて便利ですね。……いいなあ」

羨ましさのあまり、ひがみ精神が沸々《ふつふつ》と沸いてきて、頬がヒクヒクした。

「あの。それじゃ、私もこれで……」

今度こそ、通りに歩き出そうとしたものの……。

その場に佇《たたず》んだまま、動こうとしない久遠さんに首を傾げ、もしや、と思い至る。

「もしかして……傘を持ってない、とかですか」

いや、エリート機長がそんな、まさかねと思いながらも、一応訊ねてみると、

「当たり」

さらっと返されて、がっくりした。

ただでさえ、梅雨時。連日雨模様なのに、傘を持っていないなんて。

「パイロットって、天気読めなきゃいけないいんじゃないんですか」

神がかり的でなくてもいいけど、業務上、必須能力といっていいはず。

その証拠に、風見さんは日中からこの雨を予測していたような口ぶりだった。

「空港出る時は、やんでたからな。そのまま帰っていれば、降り出す前に自宅に辿《たど》り着く計算だったから、置いてきただけだ」

なるほど、一応読んではいたらしい。

でも。

「だったら、なんで水無瀬さんに呼ばれて来たんですか……！」

意外にもマイペースな一面に、半分呆れてこうべを垂れた。

「飯。どうしようかと考えてた時だったから、かな……」

久遠さんは特段表情も変えずに、顎を撫でて雲を見つめている。

「まだ当分、やまなそうだな」

諦めた様子で溜め息をつくと、ためらうことなく通りに足を踏み出した。

「あっ」

彼の革靴が大きな水溜まりを踏み、バシャッと飛沫が上がる。

「遅いから、気をつけて帰れよ」

一度私を振り返ってそう言って、すぐに駆け出そうとするのを見て——。

「ちょっ、ちょっと待って‼」

私は反射的に後を追い、その腕を掴んで止めた。

久遠さんが肩越しに私を見て、「え？」と訝し気な顔をする横で、急いで折り畳み傘を開いた。

「いくら走って数分でも、この雨に打たれちゃ、風邪ひきます！」

爪先立ちになって、傘を差しかける。

ただでさえ小さい折り畳み傘。ふたりで入るには狭く、お互い外側の肩が濡れてしまう。

「気持ちだけ、受け取っておく」

久遠さんが、自分に傾いた傘を、軽く押し返してきた。

「この程度の雨に濡れたくらいで、風邪をひくほどやわじゃない。それより、自分の心配をしろ」

「なんで言い切るんですか。っていうか、久遠さんはパイロット！　機長なんだから、慢心せずに体調管理を徹底してください！」

再び傘を差しかけながら、一歩踏み込む。

グッと近付く距離に、久遠さんが後ずさった。

「全身ずぶ濡れより、お互い腕一本で済む方がいいじゃないですか。私、明日遅番で、少しくらい帰りが遅くなっても、大丈夫ですから。久遠さんの家までお送りしま……」

なんだかムキになって、そう申し出た時——。

「っ⁉」

「うわっ……」

すぐ横の通りを、スピードを落としもせずに、大型トラックが走り去っていった。

撥《は》ねた雨水が水柱みたいになって、私たちに容赦なく浴びせられる。

一瞬、目の前に水の幕が下りたような、そんな感覚をやり過ごした後——。

「……え」

濡れそぼった前髪から、ポタポタと滴る雫。

私が手に持っていた折り畳み傘は吹っ飛ばされて、アスファルトの通りに転がっていた。

呆然として顔を上げると、同じように呆けた顔をした久遠さんと、宙で目線が絡み合う。

彼も私も、まるで頭からバケツの水をかぶったように、ぐっしょり濡れていた。

お互い、瞬きを交わし合って——。

「あのトラック……間違いなく道交法違反だろ……」

久遠さんが恐ろしいほど忌々し気に顔を歪めて、チッと舌打ちをする。

「は、は」

私も全身に伝う雨水にブルッと震えてから、力ない笑い声を漏らした。

「笑ってる場合か」

彼は私の頭のてっぺんから足の爪先まで、一筆書きのような視線を下ろしてから、
無言でジャケットを脱いだ。

わりと水をかぶったそれを、私の頭に落とす。

「わっ！　な、なにするんですか」

またしても意地悪をされたと思い、頭に手を遣りながら文句を言ったものの……。

「隠しとけ。色気のないベージュのブラジャー、透けてるぞ」

「⁉」

さらっと指摘され、ギョッとして自分の身体を見下ろす。

白いカットソーが肌に張りつき、ブラがくっきりと透けているのを確認して、慌てて両腕で胸元を抱きしめた。

「嘘っ……‼」

こんな姿を見られてしまったことに、激しい羞恥心《しゅうち》が沸き上がる。

カアッと頬が火照《ほて》るのを感じて、私は無意識に身を縮こめた。

私の目の前で、濡れた髪をかき上げていた久遠さんが、お腹の底から深い息を吐く。

「……傘。もう必要ないな」

ボソッと独り言ちて、道に落ちた傘を拾ってから、くるりと私に背を向けた。

そして、

「ついてこい、酒匂」

それだけ言って、スタスタと歩き出す。

「え？　ど、どこに……」

私は、頭にかぶせられたジャケットを手に取った。肩から羽織って、胸元に手繰《たぐ》り寄せながら、問い返す。

「お前、その格好じゃ、電車にもタクシーにも乗れないだろ」

先を行く彼が、ひょいと肩を竦める。

「着替え、貸してやる。俺の家に来い」

「えっ……」

素っ気ないひと言に、条件反射で心臓が跳ね上がった。

「早くしろ。冷えるだろ」

なにに対しての不機嫌なのか。

でも、今は竦み上がってる場合じゃない。

確かにこのままじゃ、帰るに帰れない――。

「は、はいっ……」

背に腹は代えられない。

怯《ひる》んで躊躇する心を隠し、私は久遠さんの後を追った。

久遠さんの家は、本当にそこから数分の場所にあった。

すでに予想していたけど、ゴージャスなマンションが建ち並ぶ高級住宅街の一角で、
一際立派で聳《そび》えるようなタワーマンション。

グランドエントランスには、コンシェルジュが常駐していて、まるでラグジュアリーホテルに来たような錯覚に陥った。

エレベーターは、居住フロアに直結。

もうすっかり濡れそぼった私たちも、他の住人に会わずに、彼の部屋がある二十階のフロアに降り立つことができた。

久遠さんが、とても重厚で高級感漂うドアを開け、「どうぞ」と私を中に招き入れてくれる。

「あ、ありがとうございます……」

開き直ったつもりでいたけど、ここにきて改めて及び腰になっていた私は、さっさと奥に進む彼の後を追っていいものか迷い、玄関口で立ち尽くした。

廊下の中ほどでそれに気付いた久遠さんが、額に下りた前髪を邪魔そうにかき上げながら、こちらを振り返る。

「床が汚れるとか、気にしなくていい。さっさと来い」

淡々とした口調で促され、私は慌てて靴を脱いだ。

家に上がるのをためらった主な理由は、それではなかったけど……。

「お、お邪魔します」

確かに、この格好じゃ帰れないから、ここまでついてきたんだし、もう腹をくるより他ない。

肩から羽織ったジャケットを、胸元に手繰り寄せる手に無意識に力を入れて、そおっと廊下に踏み出した。

広いリビングダイニングは、開放感に溢れていた。

向かって右側がダイニングキッチン、左側がリビングのようだ。

真ん中のスペースに物がなく、すっきりしている分、より広く感じられる。

向こう側の壁は、一面大きなガラス張り。

今は真っ暗な雨空が広がっているけど、晴れた日には青い空が近く、もしかしたら羽田空港に離発着する飛行機を、結構間近に眺められるかもしれない。

「うわあ……」

思わず、感嘆の声をあげてしまった。

久遠さんは私を置いて左手に進み、ブラウンの革張りのソファを通り過ぎて、奥の部屋に入っていく。

再び戻ってきた時、両手にバスタオル二枚と衣類を持っていた。

「そんなとこで、なに突っ立ってるんだ。入ってこい」

ドア口に突っ立っていた私に視線を投げ、室内に招いてくれる。

「っ、はい。お邪魔します……」

なるべく雨粒が落ちないように、ゆっくりと奥に進むと、久遠さんが私に、タオルと白いシャツ、部屋着っぽいハーフパンツを突きつけてきた。

「身体拭いて、これ着ろ」

「は、はいっ！　ありがたく、お借りします」

ほとんど条件反射で両手を出し、そっと顔を上げてお礼を言った。

受け取ったはいいけど、これを私が着たら、〝彼シャツ〟になるんじゃ……？

ついそんな連想をした。すぐに我に返り、違う違う！と否定したけど、ドギマギしてしまう。

邪《よこしま》な妄想を吹き飛ばそうと、勢いよく回れ右をした。

一歩歩き出したところで、はたと思い至って踏み止まる。

「あ、あの……」

振り返って声をかけると、久遠さんが、「ん？」と首を傾げた。

「どこで着替えたら……」

場所を探して、きょろきょろと室内を見回す。

久遠さんは私を尻目に、なんの躊躇もなく、濡れたTシャツの裾をガバッとまくり上げた。

「きゃあっ⁉」

彼の引き締まった広い背中が、いきなり視界に飛び込んできて、私は慌ててしっかりと背を向けた。

「なんだよ」

背後から、うるさいとでも言いたげな、低い声で返される。

「い、いや、だって！　私がいるのに、いきなり脱がないでくださいっ」

肩に力を込め、身体を縮こめて叫ぶと、今度は溜め息が聞こえた。

なんだか、ここにいるのも居たたまれない。

「あの……すみません。どこか……洗面所とか」

しどろもどろになってお願いしたものの。

「悪いけど、他人に家の中あちこち見られたくないから」

素っ気ない答えに、「え？」と言葉を挟みながら、私はまたしても振り返ってしまう。

久遠さんは、白いTシャツを頭からかぶったところだった。

ズボッと顔を出すと、ちらりと私を見遣ってくる。

「見やしねえから、そこで着替えろ」

「えっ⁉　ここでですか⁉」

「早くしろ」

ギョッとして、素っ頓狂な声をあげた私に、なんとも不快そうに眉根を寄せる。

「トロトロして風邪ひいて、仕事中にくしゃみなんかしてみろ。もし俺が見かけたら……」

「あ、あっち、向いててくださいっ！」

言うことを聞かないと、風邪じゃなくてもくしゃみをしただけで、呼び出しを食らいそうだ。

私は半分以上ヤケになって、ダイニングキッチンに向かって小走りした。

リビングにいる彼と充分に距離を取ってから、とりあえず、借りていたジャケットを脱ぐ。

フローリングの床に落としながら、肩越しに久遠さんの様子を窺った。

家の中を人に見られたくないというのは、納得できる。

だから、一度拒否された以上、無理にはお願いできない。

それに、ここで着替えれば、後で床掃除するにも範囲が狭くて済むわけで……。

久遠さんは私なんかどうでもいいだろうし、『見やしねえ』という言葉を信じて大丈夫……だと思う。

でも、さすがに、すぐ後ろに久遠さんがいる状況で、服を脱ぐのは落ち着かない。

彼がこっちを見ていないことを、ちゃんと確認しなければ、カットソーの裾をまくれなかった。

久遠さんは、ソファに腰かけていた。こちらに背を向けて、わりと豪快に、ぐっしょり濡れた髪を、わしゃわしゃとタオルで拭いている。

それを見て少しホッとして、私は顔を正面に戻した。

濡れた服がぴったり肌に張りつくせいで、外を歩いていた時よりも寒く感じる。

体温を奪われている証拠だ。

本当に、あんまりモタモタしていたら風邪をひく。

私は意を決して、カットソーを脱いだ。

肩ギリギリの長さの髪が乱れ、顔にかかるのを、ブルッと頭を振って散らす。

ウエストがゴムのスカートも、ストンと足元に落とした。

久遠さんが貸してくれたバスタオルで身体を覆う。

タオルはふわふわで温かいけど、カットソーと同じくらい、水を吸ったブラが気になった。

肌に直接身につけるものが濡れていると、かなり冷たい。ひんやりくる。

せっかく着替えても、すぐにシャツが湿っちゃう――。

私はいつも、バッグの中に下着の替えを忍ばせている。

走り回ったり力仕事もある業務上、クールビズでやや高めの温度設定下にある空港では、汗だくになることも多いからだ。

どうせだから、これも替えたい――。

私は、もう一度背後を窺った。

久遠さんは、先ほどと変わらず、ソファに背を預けていた。

髪は拭き終わったようで、使ったタオルを肩にかけて、踏ん反り返っている。

それから、ふと、前屈みになった。

ソファの前のローテーブルから、テレビのリモコンらしきものを取り上げる。

ホームシアター並みに大きなテレビモニターに向けて、ボタンを操作すると、バラエティ番組と思《おぼ》しき音声が流れた。

うん。こっち、見ていない。

改めて、大丈夫と確信して、私は両手を後ろに回した。急いでブラを外し、上半身をしっかりとタオルで拭う。

水分が失せると肌寒さが和らぎ、むしろ少しポカポカする。

心地よささえ感じながら、新しいブラを身につけた。

久遠さんのシャツに袖を通し、全部ボタンを留めてから——。

「はは。ぶかぶか」

自分を見下ろして、思わず苦笑した。

体格差は一目瞭然だし、こうなる予想はしていたけど、それにしたって。

ウエストインしたとしても、なかなかにみすぼらしい格好だ。

それでも、とりあえず、長すぎる袖をまくっていると。

「おい、酒匂。まだか？」

テレビの音声に紛れて、久遠さんの声が耳に届いた。

私は、一瞬ドキッと胸を跳ね上げて、慌ててハーフパンツを穿《は》いた。

「は、はいっ。もう大丈夫です」

回れ右をして、返事をした。

それに応じるように、久遠さんがソファから立ち上がって、ゆっくりこちらを向く。

自分のシャツを身につけ、〝彼シャツ〟姿の私は、その黒い瞳にどのように映っているんだろう……。

ついつい、彼の反応を探りかけて、いやいやと自分で打ち消す。

久遠さんが、私のこの姿を見たところで、特段思うこともないだろう。

いや、多分――。

「シャツに着られてるみたいだな、お前」

「……すっごい予想通りでした。そう言われるって」

私はガクッとこうべを垂れて、ハッと短い息を吐いた。

久遠さんが吐息混じりに笑う、ややくぐもった声が耳に届く。

ソファを回り込んで、こっちに歩いてこようとするのを見て、私は慌ててしゃがみ込んだ。

外したブラをカットソーとスカートに包んで隠し、両手で抱えて立ち上がると、

「ああ」

なにかに気付いた様子で、久遠さんが顎を撫でた。

「持ち帰るのに、ビニール袋が必要だな」

私の横を素通りして、キッチンに向かっていく。

「あ。ありがとうございます……」

お礼を言って、その背中を見送った。

なんだかやっと、人心地ついた気分……。

私は大きく肩を動かし、息を吐いた。

久遠さんのマンションでの滞在時間は、着替えのためのほんの十五分ほど。

雨を拭い、まるでお風呂上がりみたいに小ざっぱりした彼は、スマホと財布をスラックスのポケットに捻《ね》じ込み、車のキーを手に取った。

「送る。家、どこだ?」

私を一瞥しただけで、さっさとリビングを出ていく。

「久遠さん! 大丈夫です、ひとりで帰れます」

私は弾かれたように彼の背を追い、慌てて辞退しようとした。

だけど、久遠さんは聞く耳持たず。

「まだ雨はやんでない。お前、駅に戻るだけで、また濡れ鼠《ねずみ》になるぞ」

呆れた顔をして振り返られて、私はグッと詰まった。

「電車に乗るにも、その格好は惨めだろ。俺の気が変わらないうちに、さっさと来い」

先に玄関先で靴を履かれてしまったら、これ以上は固辞できない。

「ありがとう、ございます……」

恐縮なんだか怯えなんだか、よくわからない心境で肩を縮める。

家主が出ていこうとしている今、私も彼について部屋を出る以外なかった。

再びエレベーターに乗り込み、地下の駐車場まで下りる。

久遠さんがリモートキーで解錠した車は、国内メーカーの最高級車だった。

私は自分で運転しないし、車種なんてちんぷんかんぷんだけど、そのラグジュアリーなシンボルマークだけは知っている。

安定のゴージャスぶりに、ただただ溜め息だった。

「お邪魔しま～す……」

私が尻込みしながら助手席に乗るとすぐ、久遠さんはカーナビを操作し始めた。

「住所。教えろ」

短い問いに素直に住所を告げると、彼の眉がピクリと動く。

「これはまた、長いドライブになりそうだ」

「多分片道三十分はかかると思うので、十五分経ったらその辺に捨て置いてくだされば……」

私は無条件で竦み上がり、肩に力を込めて口を挟んだけれど。

「それじゃ、送る意味ないだろ」

素っ気ない即答の前で、あえなく撃沈。

「明日は早くから出社する必要はないから、別に構わない」

久遠さんは感情の読めない無表情でそう言って、カーナビに私の住所を登録した。

女性の音声が、『目的地までおよそ三十分です』と教えてくれる。

ああ、やっぱり——。

「すみません……」

肩も首も縮める私の隣で、彼がブレーキを解除した。

「構わないと言ってるだろ。車の運転は好きだから」

車を発進させる横顔は、相変わらず涼し気だ。

「飛行機と、どっちが好きですか？」

いつも仕事で飛行機を操縦しているから、たまに車を運転するのは、いい気分転換になるのかな、と解釈して、深く考えずにそう訊ねる。

だけど、クッと眉尻を上げて、呆れた顔をされてしまった。

『愚問だろ』とでも言われた気がして、

「す、すみませんっ、バカな質問を。もちろん、飛行機の方が好きですよね。仕事に選んだくらいですし」

ほとんど反射的に謝罪すると、久遠さんは無言のまま、視線を前に戻した。

駐車場内を徐行する間、私はその横顔を気付かれないように窺った。

私は、空が好きで飛行機が好きだから、空港で働くことが楽しい。私たちに共通する飛行機の話をしたら、久遠さんとも共感し合えるかもしれない——。

……と考えて、浮かれかけた自分を、慌てて戒《いまし》めた。

いや、好きこそ物の上手なれ。久遠さんにとって、飛行機に関わる職に就くからには、〝好き〟は当然の前提条件だろう。

なのに〝共感し合える〟なんていい気になったら、ものすごい不快な顔で蔑まれ、氷点下の冷気漂う鋭い目で、ギロリと睨まれるに違いない。

下手したら、空港で働く者として、自覚と資質を問われるかもしれない——。

「……っ」

雑念を追っ払おうと、頭の上で手をヒラヒラさせた私に、久遠さんが訝し気に眉根を寄せた。

「なにやってんだ、お前」

冷静なツッコミを受けて、私はシャキッと背筋を伸ばす。

「い、いえ。ちょっと、浮かれた邪念を払おうと……」

「お前、俺が運転する車の中で、なにを考えて浮かれてるんだ？」

駐車場を抜け、公道に走り出たタイミングで、久遠さんが容赦なく追及してくる。

「大したことじゃないですから、どうかお気になさらず……」

頬骨のあたりがひくっとするのをなんとかこらえ、ぎこちない笑顔を向けてごまかす。

だけど、彼は納得してくれず、私にちらりと横目を投げてきた。

「今ここで、俺になにかされるとでも、期待してる？」

「……は⁉」

あまりにも想定外の質問に、私はドキッと胸を跳ね上げた。

「夜のドライブ。車という密室空間で、俺とふたりきり。邪魔は入らない」

なぜか歌うような楽し気な口調だから、からかわれてるだけだとよくわかる。

私が期待してるなんて勘違いも腹立たしいけど、瞬時によぎった緊張を見透かされるのも悔しい。

私は、すーっと大きく息を吸った。

「なに言ってるんですか。久遠さん、私のこと好きでもなんでもないでしょ?」

「当然」

「う」

思い切って、嫌み混じりに切り返したものの、秒で返された私の方が返事に窮した。

「も、もちろん、こっちだってそうです。他の人とならドッキドキのシチュエーションでも、久遠さん相手にそんな妄想するわけないじゃないですか」

「……ふん」

久遠さんは口元のニヤニヤを引っ込め、不機嫌そうに鼻を鳴らす。

「それに……久遠さん、女性には不自由してないでしょ」

私は、彼に弄ばれたと主張したあのCAを思い出し、余計なひと言を続けていた。

自分でも意味不明だけど、なんだかモヤモヤしてそっぽを向く。

久遠さんは返事の代わりに、お腹の底からの深い溜め息を返してきた。

「俺に突っかかってないで、さっさと言え」

「え?」

「邪念、だよ。俺はもともと、それを聞いている」

多分、私がこの間の〝痴話喧嘩〟を仄《ほの》めかしたと見抜いたのだろう。

自分に都合の悪い方向に会話が進んだからか、かなり無理矢理、話をもとに戻そうとする。

「ちょっ。突っかからせるようなこと言ったの、そっちじゃないですか」

「言え」

しかも、私にはまったく拒否権がなさそうな命令口調。

あまりの横柄さに憮然《ぶぜん》として私が黙ると、車体を叩く強い雨音ばかりが、車内に響く。

先ほどよりも幾分か雨脚も弱まったとはいえ、まだまだ大きい雨粒が、容赦なくフロントガラスに打ちつけている。

ワイパーは忙しなく動いているけど、視界も悪い。

そのため、久遠さんはまっすぐ進行方向を見据えている。でも、私の返事を待っているのは明らかで、無言の〝早く言え〟オーラが、ビシバシと伝わってくる。

このまま沈黙を続けるのも、居心地が悪い。

私は諦めて、「あの」と切り出した。

「久遠さんは、どうしてパイロットを目指したんですか?」

言葉を探しながら、上目遣いの視線を向ける。

「え？」

どうしてだか、不審気に眉尻を上げるのを見て、私は助手席のドアまで飛び退いた。

「立ち入りすぎだったら、すみません！」

久遠さんは質問には答えてくれず、なにか思案するように顎を撫でている。

「久遠さんはいつも私に意地悪だけど、誰よりも仕事に熱意を注いでいるから厳しくなるんだって、わかってます。それは、やっぱり飛行機が好きだからかなって」

私が、取ってつけたような説明をすると、不愉快そうに顔を歪める。

「最初のひと言は余計だ」

「私、子供の頃から、晴れた青空が好きなんです。自分で飛びたくて、中学生くらいまでは、本気でパイロットになろうと思ってたくらい。でも、残念ながら能力が伴わなくて」

話してしまったからには、と私は勢いづいて言い募った。

すると、久遠さんが顎から手を離し、ふっと口角を上げた。

「よかったな、能力に恵まれなくて」

「え？」

「お前がパイロットになったら、空が無法地帯になって、日々事故の連続だ。間違いなく、適性はない。世のため人のためにも、お前は地上にいろ」

「ひどっ……！」

あまりの言われように、さすがに憤慨したものの、久遠さんの方はとんでもなく楽しそうだ。

さっきのお店で、私をサンドバッグ扱いした発言もしかり。

どこまで俺様、ドSなんだと思うけど、肩を揺すってクックッと笑うのを見ていると、こちらの毒気も抜かれてしまう。

「まあ……今は、自分でもそう思います……。私、地上にいてもおっちょこちょいだし、空なんて特殊な状況下で、何百人って乗員乗客の命を預かるわけには……」

目を泳がせながらモゴモゴと返すと、久遠さんがわずかに目力を解いた。

「賢明だ。……で？　パイロットは諦めても、空と飛行機に関わる仕事がしたい。それで、空港ってとこか」

「はい。その通りです！」

言い当てる、というほどの推理力は必要なかったろうけど、私は軽く胸を反らして〝ご名答〟を伝えた。

「それで、その……。もしかしたら、久遠さんも私と同じかな。空が好きで、飛行機も好きなのかな、って。そう考えたので……」

「俺は、そんな単純な理由で、パイロットになったんじゃない。お前と一緒にするな」

「う」

言おうとしたことを読まれた上に、ガツンと先回りされて、あえなく撃沈――。

私ががっくりと肩を落とす横で、久遠さんはふっと吐息混じりに笑った。

「でも……そうだな。空は好きだ」

久遠さんは言葉を探すような表情で、フロントガラスから覗く狭い空に目線を上げた。

「どれだけ飛んでも、同じ空に巡り合うことはない。いつも違った景色を見せてくれる。一期一会ってヤツか」

「一期一会……」

彼の横顔を見つめ、反芻《はんすう》する私に、「そう」と返してくれる。

「掴みどころがなくて、真の姿を追い求めたくなる。……俺はお前と違って、青空限定じゃないけどな」

最後は、お約束みたいに私を揶揄して、久遠さんは口を噤んでしまった。

だけど、私の心臓は、トクンと淡い音を立てる。

彼が語る空に強く共感して、その横顔に魅了された。

真の姿を追い求めたくなる……。

なんだか片想いと似てるな、と感じて、改めて顔を前に向けた。

この人が、そんな風に恋をする女性ってどんな人だろう?なんて、妄想を膨らませながら、今、久遠さんが瞳に映しているのと同じ空に焦点を合わせる。

フロントガラスの向こうは、のまれそうなくらい真っ暗な雨空。

青い空が好きな私は、怖いと思うほどだけど、今、久遠さんとふたりで眺めているこの雨空と、まったく同じ空に巡り合うことは、きっともうない。

これも、一期一会――。

そう考えたら、今この瞬間も、とても貴重な時間のように思えてくる。

「私……ゲリラ豪雨を降らせる空も、好きになれるかもしれません」

無駄に握り拳《こぶし》を作って、自分に確認するように、うんと大きく頷いた。

なのに、運転席から、「は?」ととぼけた声が返ってくる。

「物好きだな。俺はさすがに、ゲリラ豪雨は嫌いだ」

「そこは、そうだなって同意しときましょうよ!」

すげない言葉に思わずがっくりきて、ついついムキになる。

「誰がするか。次、俺といる時にこの大雨に晒《さら》されても、ひとりで濡れてくれよ」

久遠さんは、なんとも鬱陶《うっとう》しそうに、私を横目で見遣った。

「！　つ、次、プライベートで久遠さんと一緒になることなんか、あるわけな……」

一瞬ドキッと跳ねた心拍をごまかそうと、反射的に口を挟んだものの。

「……ふ」

悠然とハンドルを操作する横顔は、ちょっと満足そうに微笑んでいた。

そんな彼に、私の胸はとても緩やかに拍動する。

なんか、なんだか。

仕事から離れてちゃんと話をしてみると、久遠さんって怖いだけの人じゃない。

いや、怖いのだって、ミスばかりしている私が悪いのだ。

明日からは、久遠さんのフライトだからって、あまり強く意識しないで背筋を伸ばしてみよう。

そうすれば、きっと、今までの悪いループを止められる。

ほんのちょっと、胸が温かくなった。

長いようで短い三十分のドライブは、

『目的地、周辺です』

それまでほとんど意識していなかった、単調なカーナビの音声が割って入ってきて、終わりを迎えた。

少し近付けた実感があるうちにと、仕事以外の話……趣味や休日の過ごし方といった話題を久遠さんに吹っかけ、ほぼ無理矢理、答えてもらっていた私は、

「あ……」

言葉を切って窓の外を見た。

いつの間にか、よく見知った風景が広がっている。

「着いたな。あのマンションか」

久遠さんが、カーナビが示す位置をフロントガラス越しに確認して、そう呟いた。

「はい……」

彼の家とは比べものにならない、狭いワンルームの単身者専用マンションだ。

なんだか急に、分不相応なゴージャスな夢から覚めて、現実を突きつけられたような気分になる。

久遠さんは、マンションのエントランスの前で車を停めてくれた。

「あの、ありがとうございました」

ドライブ、終わっちゃった……。

残念に思う自分もよくわからない。

でも、確かに名残惜しくて、ちょっと伏し目がちにシートベルトを外す。

隣で、彼が「ん」と短く応えてくれた。

「ジャケット、急いでクリーニングに出しますから」

ドアを開けて外に足を下ろしながら、そう続ける。

久遠さんが貸してくれたジャケットは、いいと言われるのを強引に説き伏せ、私が持ち帰っていた。

「この服と一緒に、お返しします」

ドライブをしている間に、雨はだいぶ弱まっていた。

車から降りた私に、小粒になった雨が降り注ぐ。

「急がなくて、いい」

運転席の彼からは、そう返されるけれど。

「送ってくださって、ありがとうございました！」

一度背筋を伸ばしてから、深々と頭を下げてお礼を言う。

久遠さんは、無言でいる。

私は頭を上げると、なにか後ろ髪を引かれる思いで、車に背を向けた。

エントランスに急ぐ背中に、彼の視線を感じるから、鼓動が騒いで落ち着かない。

「……酒匂」

「え？」

予期せず呼び止められて、私は反射的に足を止めた。

弾かれたように振り返ると、久遠さんがパワーウィンドウを下げ、そこに肘を置いて顔を出している。

「黙ってるのも、フェアじゃないな。だから、一応褒めといてやる」

「は？」

腕に顎をのせてなにやら意味深にうそぶく彼に、私は首を傾げる。

「お前、綺麗な身体してるな」

薄い男らしい唇が、そういう形に動くのを見ていたけれど。

「……へ？」

言われた意味がわからず、忙しなく瞬きをする。

私の反応を見て、久遠さんはふっと口角を上げてほくそ笑んだ。

「お前の胸の形、結構好みだったせいかな。大してスタイルがいいわけでもないのに、わりと……俺史上最上級レベルで」

そう続けられて、私は無意識に自分の身体を見下ろした。

──胸の、形？

「っ、えっ⁉」

条件反射で、両腕で胸を抱きしめて隠し、一歩飛び退いた。

「えっ、なっ、どっ……‼」

頭では〝見られていた〟と理解していたけど、受け止められずに焦る。

何度も声をつっかからせる私に、彼はブッと吹き出した。

「お前さ。俺の家のリビングの窓。あれ、少しも警戒しなかったのか？」

不敵に呟く唇を、私は呆然と見つめた。

「外は真っ暗闇。リビングには煌々《こうこう》と電気が点いている。当然、お前が着替える様は、そこにばっちり映っていた」

「っ！　盗み見てたんですかっ……⁉」

ギョッとして声をひっくり返らせる私に、彼はひょいと肩を竦める。

「俺はひとりだし、普段からあまり窓に映ることを気にしてないんでね。不可抗力だ。途中で気付いたけど、水着姿みたいなもんだから、まあいいか、と」

「……‼」

「まさか、男が後ろにいるのに、ブラジャー外すとは思ってなかった。無防備にもほどがあるだろ、お前」

太々しく言い切って、なにを思い出しているのか、クッと肩を揺らすのを見て、私は全身をカーッと火照らせた。

「ひっ……ひどいっ……‼」

ガラス越しとはいえ、裸を見られていたなんて。

それを〝事後報告〟されて、私は悲鳴に近い声で彼を罵《ののし》った。

「だから、白状したんだろ。まあ、そういうことだ」

久遠さんは悪びれることなく、ずけずけと言い捨てる。

「次回は、ガラス越しじゃなく、正面から実物を拝《おが》んでやってもいいぞ。その気になったら、いつでも来い」

「ちょっ……‼」

「じゃ、な」

思わず一歩踏み出し、そこでこらえる私をクスッと笑って、久遠さんはパワーウィンドウを閉めた。そして、悠然と車を発進させる。

弱いながらも、まだ降り続く雨の中。通行人はいないのに、水溜まりを気にしているのか、彼の車はゆっくり走り去っていく。

そのテールランプが見えなくなるまで、私はその場に立ち尽くして見送って――。

「なっ、なっ……」

あまりの衝撃に、なんのワードも紡ぐことができないまま。

なに、見てんのよーっ……‼

心の中で大絶叫して、しゃがみ込んだ。

そばにいるとドキドキする人

それから数日。私は勤務狭間の公休日を迎えた。

学生時代からの友人たちは、ほとんどが一般企業に勤務している。

彼らは完全週休二日制で、なかなか休みが合わないから、私はせっかくの公休でもひとりで過ごすことが多い。

それでも、平日の公休、悪いことばかりではない。

友人と遊びたい時は、私が土日に希望休を入れればいいことだし、週末だと混んでいる場所でも、平日なら空いているから、お出かけするにももってこいなのだ。

少しのんびり起きた朝、寝間着姿のままベランダに出て仰いだ空は、久しぶりにすっきりと晴れ渡っていた。

半袖のTシャツから伸びた腕に、ジリジリするほどの強い日射し。

日本の夏らしい、湿度の高いじっとりとした空気が重苦しいけど、雲のない青空はやっぱりとても清々しくて。

「もうすぐ、梅雨明けかな」

両腕を空高く突き上げて、思いっきり伸びをしながら、大きく深呼吸をした。

肩を動かして「ふう」と息をつき、ベランダの塀に両肘を置いて、ぼんやりと頬杖をつく。

私の部屋は、五階建てマンションの四階。

それほど見晴らしはよくないものの、窓はかろうじて南向きだ。

遠すぎて見えないけど、顔を向ける先には、職場である羽田空港がある。

ということは、久遠さんの立派なタワーマンションも、私の視線の延長線上にあるということ――。

「っ」

つい気が緩んで久遠さんのことを考えたせいで、その姿が脳裏をよぎってしまう。

しかも、浮かび上がるのは見慣れた制服姿じゃない。

数日前、初めて見たカジュアルな私服や、前髪を額に下ろした、お風呂上がりみたいなラフな姿。

網膜に焼きついていて、私の目は常に残像を追ってしまう。

仕事中はいつもより肩に力を込めて、意識しないようにしてきたけど、あれから初めての休日で力が抜けた。

朝、起き抜けから久遠さんを〝見た〟気になって、慌てて頭を振って吹っ飛ばそうとする。

なのに。

あろうことか、私は自ら、あの夜、彼に言われたことを、胸に蘇《よみがえ》らせてしまった。

『お前、綺麗な身体してるな』

『わりと……俺史上最上級レベルで』――。

「っ……」

条件反射で、大きく心臓が跳ね上がる。

「うわああ……」

猛烈な羞恥心に襲われ、居ても立ってもいられない。

頭のてっぺんから、シュ一ッと音を立てて蒸気が噴きそうなほど、顔が熱くなる。

私はベランダの塀を両手で掴み、その間に額を置いて、「うーうー」と無意味に唸《うな》った。

ジタバタと地団太を踏む、混乱しすぎの自分に疲れて、肩を動かして溜め息をついた。

ドキドキするところじゃない。ここは、卑怯者!と罵るのが正解のはずだ。

だって、だって、だって――‼

あれは、私が〝無防備〟なんじゃない。

ちゃんと二度振り返って、久遠さんが見ていないと確信しての行動だったし、なにより私は『そこで着替えろ』と強要されたのだ。

窓に映ってるのを教えてくれず、私の着替えを最後まで盗み見するなんて、とんだむっつりスケベ……いや、卑劣極まりない行為だ。

久遠さん、『見やしねえ』って言ったくせに‼

興奮で鼻息が荒くなるのを自覚しながら、私は、でも、と心の中で独り言ちる。

〝俺史上最上級〟というのは、今まで自分が見た中でトップクラス……という意味だろう。

モテることを自覚している人の、上から目線の〝褒め方〟は腹立たしいのに――。

「なんで私、喜んでんのよ……」

そう、思い出すたびに、怒りよりも先に、ドキドキしてきゅんと胸を疼《うず》かせる自分がいるから、始末が悪い。

そもそも〝俺史上〟って、その歴史の中に女は何人いるのよ。

人数もレベルもわからないのに、最上級なんて言われたって……。

「いや……本当に褒められたのよね、多分……」

語尾を尻すぼみにしながら、のっそりと顔を上げた。

なんせ、久遠さんはエリートパイロットだし、黙っていれば超イケメン。

本気にしろ遊びにしろ、どんな女性でもより取り見取りだ。

「…………」

私は、顎を引いて自分の胸元を見下ろした。

ちょっと大きめサイズのTシャツの、緩い襟に指を引っかけ、グッと前に伸ばしてみる。

ひとりだし、寝る時はノーブラだから、自分の裸の胸が覗ける。

人と比べたこともないし、自分じゃ〝綺麗〟なのかどうかもわからないけど。

『次回は、ガラス越しじゃなく、正面から実物を拝んでやってもいいぞ』

「あれは、また見たいって、そういう……」

無意識に口を突いて出た心の声を、自分の耳で拾って、ハッと我に返る。

「な、なに考えてんの、私っ‼」

慌てて襟から指を離し、勢いよくぶんぶんと首を横に振った。

次回、見られる時――そのシチュエーションを想像してしまうなんて、私は絶対にどうかしている。

相手は泣く子も黙る鬼機長。

まさにあの夜、その数時間前に、私は優しい副操縦士の水無瀬さんを彼と比べて、『水無瀬さんの方が好きだけどなあ』と口にしている。

そう、私は優しくて楽しい人が好き。

いくら超エリートで優秀なパイロットでも、偉そうで傲慢な俺様の久遠さんなんか、これっぽっちも好きじゃない。

その証拠に、彼を悪く語るワードなら、いくらでも頭に浮かび上がってくる。

なのに――。

そんな人を思い描くだけで、確かにきゅんとしてときめいている自分を、ごまかせない。

こんな私、困る。

本当に、どうかしてる。

休暇明け、私は早番シフトに就いていた。

昨日、クリーニングに出しておいたジャケットとシャツを受け取りに行ったから、久遠さんに返すために持ってきている。

なのに、こんな日に限って、なかなか彼と顔を合わせる機会がなく、勤務終了間際の午後二時になって、やっと捕まえることができた。

フライトを終えて降りてきた久遠さんは、足を止めて振り返ってはくれたものの。

「なんの用だ」

空港では、安定の素っ気なさ。

私は怯むよりも苦笑を漏らし、そして憮然とした。

ガラス越しとはいえ、私の着替えをチラ見していたくせに。

それを言ったら、こっちの方が恥ずかしくて顔が赤くなるのはわかっているけど、まったく意に介した様子もなく、平然とした顔をされると、ちょっとおもしろくない。

「コソコソ人の裸見ておいて、考えてみたら謝罪のひと言もなし……」

そっぽを向いて唇を尖らせ、彼にしか聞こえないくらいの小声でボソッと愚痴る。

意図した相手にはちゃんと伝わったようで、彼がピクッと眉尻を上げるのが、視界の端に映った。

「早くしろ。こっちはこの後、デブリーフィングなんだよ」

私の愚痴をあっさり遮る、凛《りん》と張った声の前では、悔しいけれど条件反射で背筋が伸びる。

「す、すみません」

謝らせたいのに、なんで私が謝ってるんだろう……という不可解さはどうにか抑え込む。

「この間お借りした服。クリーニングから戻ってきたので、お返ししたいんです。お時間いただけますか」

「え？　ああ……」

久遠さんも思い当たった様子で目力を緩め、左手首のオメガの腕時計にサッと目を落とした。

大きめフェイスでゴツいスピードマスター。多分、相当ハイグレードなモデルだろう。

実用性重視っぽい久遠さんらしくて、よく似合っている。

「お前、今日何番だ？」

目を上げた彼が、私にシフトを訊ねてくる。

「早番です。これで上がり」

「ちょうどいい。俺も今日はこれで乗務終了だ。デブリーフィングが終わった後なら、会える」

「あ。じゃあ……展望デッキで待ってます！」

即座にそう答え、人差し指で頭上を示してみせると、久遠さんは一瞬眉根を寄せた。

だけど、「ああ」と頷いて、横を通り過ぎていく。

颯爽と遠ざかる背中を見送って、私は無意識に胸元を握りしめた。

ちょっと前までは、自分から久遠さんを呼び止めるなんてできなかった。

今日は用事があったから、すんなり話しかけられたものの、これでも結構緊張していた。

「……はあ」

借りた服を返す約束を、無事取りつけることができてホッとしたのに、私の胸はまだドキドキと弾んでいる。

用が済んでも、胸の高鳴りがやまないところを見ると……緊張からくる動悸というだけではなかったみたいだ。

遅番への引き継ぎを終えて、一日の業務終了。

私はロッカーに戻って着替えを済ませ、久遠さんと話してから二十分後に、展望デッキに出た。

滑走路を離発着するたくさんの飛行機を、全方向に望む展望デッキは、航空マニアだけでなく、家族連れやカップルにも人気のスポットだ。

デッキに出ると、昨日と違ってちょっと薄曇りの空が、頭上に広がる。

ゴーッという音が聞こえて、反射的に顔を上げる。

ちょうど一機離陸して、大空に飛び立っていったところだった。

そういえば、デブリーフィングが終わったらと言われたけど、どのくらいかかるだろう？

多分、久遠さんが先に来ていることはないと思っても、念のために、グルッと回って捜してみた方がいいかもしれない。

そう考えて、のんびりデッキを歩き始めると、

「ママ、ほら！　ＪＡＫ《ジャック》の飛行機！」

子供のはしゃぎ声が聞こえて、なんとなく顔を向けた。

ＪＡＫ。日本エア航空の３レターコードだ。

幼稚園生くらいの背格好の男の子が、フェンスに張りついて滑走路を眺めていた。

よほど飛行機が好きなんだろう、目がキラキラしている。

目線の先を追ってみると、滑走路手前で進入待機しているロゴ入りのジャンボ機を見つけた。

「ほんとね。どこに行く飛行機だろう」

男の子のお母さんが、そう相槌を打つ。

私もつられて、ふらふらとフェンスに近付いた。

仕事で見慣れているのに、飛行機の離陸を前に、男の子の興奮が移ったみたいにワクワクする。

「離陸前か。コックピットのパイロットは、なにしてるかな……」

思わず、そんな心の声を漏らすと——。

「管制塔と交信してる。離陸許可待ちだ」

「え？」

背後から低い声が返ってきて、私は反射的に振り仰いだ。

「離陸に支障のない風かどうか、情報を得ているところ」

「っ、久遠さん！」

私がお願いしたんだから、ここに来ることはわかっていたのに、私服に身を包んだ彼を目にして、ドキンと胸が跳ねてしまった。

久遠さんは、私の胸の反応など知る由もない。

滑走路から目を離さず、私の隣まで来て立ち止まった。

そして、骨張った大きな右手で、フェンスを掴む。

「『Cleared for take off』。管制塔から離陸許可をもらうと、魔の三分間が始まる」

離陸時三分間と、着陸時八分間は、事故や重大インシデントが多い時間帯で、パイロットの間では、〝魔の十一分間〟と呼ばれている。

今まさに、離陸前の緊張感が走るコックピットの様子を思い描いているのか、久遠さんの鋭い目は、滑走路に進入を始めたジャンボ機に注がれている。

あまりに真剣な横顔だから、私に話して聞かせているというより、頭の中でシミュレーションしているように見える。

「『Thrust ref』『Thrust set』。機長とコーパイは、簡潔かつ迅速なレスポンスで、機体の状態を確認し合う。『Eighty』。操縦桿を握る機長に、コーパイが速度八十ノット到達をコールする」

久遠さんの言葉通り、滑走路を走り出した飛行機が、一気に加速していく。

「機長が計器やビジョンの最終チェックをして、返答するまでのほんの二、三秒の間にも、機体は加速を続ける。コーパイがV1をコールした後は、離陸中止できない。

この速度で中止すれば、滑走路をオーバーランする。もう空に飛び立つのみだ」

私が見ているのは、まさに飛び立とうとしている飛行機なのに、コックピット内で操縦桿を握る久遠さんを眺めているような、錯覚に陥る。

「っ」

無意識に、喉を鳴らした。ドキドキと、胸が高鳴り出す。

「VR。……ローテーション速度に到達」

私のビジョンの中で、久遠さんが操縦桿を引く。

大きな大きなジャンボ機の機首が上がり、車輪が滑走路から浮き上がった。

そのまま、まるで天が糸を引いているみたいに、巨大な鉄の塊《かたまり》が、スーッと空に飛び立っていく。

「V2。安全離陸速度に達したら、速度維持。機体はまだまだ上昇を続けている。機長が、『Gear up』と指示。コーパイが車輪を格納。それで自動操縦に切り替える。……こんなとこかな」

私の目には、どんどん小さくなっていく飛行機が、雲間を突き抜ける様が映っている。

本当に、コックピットの中にいるような臨場感。

全身の血管が脈動するくらい、興奮した。

「行ってらっしゃい……！」

無事離陸した飛行機に向けて、感極まって力いっぱい拍手をする。

久遠さんは呆れたような顔をして、

「おい」

いきなり私の手を掴み上げた。

「え？」

私の拍手はやんだのに、なぜだか他の場所からパラパラと聞こえてくる。

よく見ると、高揚した私に呼応してくれた様子で、デッキのあちらこちらで離陸を見守っていた人たちも、手を打っていた。

「お前、あんなの見慣れてるだろうが。はしゃぎすぎ。子供か」

久遠さんが眉根を寄せて苦言を呈し、私の手をポイッと離す。

「一緒にいる俺まで注目を浴びて迷惑だ。やめてくれ」

「っ！　だってそれは、久遠さんが素敵すぎるナレーションを入れてくれたから、ついつい」

「ナレーションじゃねえよ」

彼はムッと唇を結び、眉尻を上げたけれど、そのくらいじゃ私の興奮は収まらない。

「ほんと、久遠さんが操縦した飛行機が飛んでいったみたいで、ゾクゾクしました。隣で聞いてたから、私がコーパイで、一緒に旅立つ擬似体験したみたい」

声を弾ませる私に、久遠さんが「はあ？」と語尾を上げた。

「お前とじゃ、死出の旅になりかねないな。全力でお断り」

「！　もうっ、なんてことを」

縁起でもないことを言って、さらりと蔑んでくれる彼に憤慨する。

私は両手を振り上げ、彼の胸を叩こうとした。

なのに「おっと」と軽くかわされ、両手首を取られてしまう。

「あ」

そのせいで、私が持っていた紙袋が、バサッと音を立てて地面に落ちた。

慌てて拾おうとするのに、久遠さんが手を掴んだまま、離してくれない。

「ちょっ、久遠さん」

また、いつもの意地悪だ。

私は頬を膨らませて、彼の手を振り解こうと、力いっぱい腕を振った。

ところが、逆にその手に力がこもり、びくともしない。

「……？　久遠、さ？」

その行動の意味がわからなくて少し怯み、上目遣いに窺う。

私を見下ろしていた彼とバチッと目が合い、私の胸が否応なくドクッと騒ぎ出した。

それを、知ってか知らずか。

「……悪い」

久遠さんは、私から目を逸らしながらそう言って、ほとんど払うように私の手を離した。

反射的に手を引っ込め、胸元で重ね合わせてぎゅっと握りしめる私の前で、無言で軽く身を屈める。

私が落とした紙袋を、拾い上げてくれた。

「これか？」

身体を起こした久遠さんが、指先に引っかけてユラユラと揺らす。

振り子のようなそれを目で追って、私もハッと我に返った。

「す、すみません。貸してもらえて、助かりました。ありがとうございました」

なぜだかドキドキと加速する鼓動を意識しながら、軽く頭を下げてお礼を言う。

「紙袋、汚れちゃってたら、ごめんなさい。中身は大丈夫だと思うので……」

「ああ。平気」

取ってつけたように言葉を続ける私を、彼は素っ気なく遮る。

そのタイミングで、ちらっとこちらに向けた視線が、私と宙でぶつかった。

「っ……」

またしても、心臓がひっくり返ったような音を立てる。

特段暑くもないのに、なんだか身体が火照り出す。

そんな自分の反応に戸惑い、私の方から目線を外した。

なにか、言わなきゃ。

借りた服を返すという用件は済んだし、いつまでも久遠さんを引き留めてはいけない。

『仕事帰りにお時間いただいて、ありがとうございました』

今、なにを言うのが正しいかは、ちゃんとわかっている。

なのに、どうしてだか、喉の奥に引っかかって出てこない――。

「っ、く……」

なにを告げようとしたか。

とにかく声を絞り出し、彼の名前を口にしかけた時。

「遥ちゃ〜ん！」

「っ、え？」

後ろから名前を呼ばれて、私はドキッとしながら振り返った。

そこに、Tシャツにデニムという、カジュアルな服装の風見さんを見つける。

「あ。風見さん！」

反応を返す私の横で、久遠さんが靴の裏をザッと鳴らして、身体の向きを変えた。

「じゃ、俺はこれで」

風見さんの登場は、意味もなく断ち切れずにいた微妙な空気を寸断する、いい間合いになったのかもしれない。

久遠さんは私にそれだけ言って身を翻し、まさに風見さんがやってくる方に向かって歩き出していた。

「あ……あの、ありがとうございました。お疲れ様です……！」

あっさりと離れていく背中が、名残惜しい。

自分でもよくわからない切なさが胸をよぎったものの、私は勢いよく頭を下げた。

再びしっかり背筋を伸ばすと、立ち止まった風見さんの横を、久遠さんが通り過ぎていくところだった。

「……お疲れ様です」

やや不審気に労いの言葉をかける風見さんに、軽く目礼だけ返して、ターミナルに続くドアの向こうに消えていく。

風見さんはわざわざ振り返って、彼を見送っていたけれど。

「遥ちゃん」

気を取り直したように、声のトーンを上げた。こちらに向き直ると、弾むように駆けてくる。

「この間は、ありがとうございました」

私の前まで来てピタリと足を止めた彼に、軽く頭を下げる。

「もしかして、風見さんもお仕事上がりですか?」

風見さんが、「いや」とかぶりを振った。

「俺、これから。ショウアップまでちょっと時間あるから、風に当たっておこうと思って」

ショウアップとは、出社という意味で、パイロットが日常的によく使う言葉だ。

同乗する乗務員が集合する時間を指し、フライトの九十分前に設定されることが多い。

この時間からフライト開始ということは、風見さんは今日の最終便まで乗務なんだろう。

「遥ちゃんは？　早番だった？」

「はい。今日は無事に終わりました」

「ふ〜ん……」

私が胸を張って答えると、彼は、久遠さんが出ていったドアの方を気にする素振りを見せる。

「そのわりに、着替えた後で呼び出し？」

「え？　……あ！」

訝しそうな目を見て、私は慌てて首を横に振った。

「今のは、違うんです。ちょっと……お借りしてたものがあって。返したくて、ここに来てもらったんです」

「借りたもの？」

風見さんがそこに反応して、繰り返す。

「久遠さんになに借りたの？」

私と久遠さんが、物の貸し借りをするような親しい関係じゃないのを知っているからか、眉尻を上げる。

「あ。そんな大したものじゃないので」

深く追及されたら、この間の交流会の後のことを説明しなきゃならなくなる。

私は、ぎこちなく笑ってごまかした。

だけど。

「っ……」

またしても、あの夜の一連のやり取りに意識が持っていかれ、頬がカッと火照る。

「遥ちゃん?」

とっさに手で頬を押さえたせいか、ますます風見さんの不審感を煽ってしまったようだ。

私は、慌てて大きく首を横に振って、

「なんでもないんです! あの、じゃあ、私もこれで!」

一際明るい声を挟み、少々無理矢理、会話を切り上げる。

「遥ちゃ……」

「風見さん、この後フライト、頑張ってください!」

なにか聞きたそうな呼びかけを、そんな言葉で遮り、私はそそくさとドアの方に走った。

私が〝質問〟を拒絶したのを見透かしたのか、風見さんはそれ以上声をかけてこない。

でも、背中にずっと視線を感じていたから、展望デッキを走る間、私は一度も振り返らないまま。

ドア口に着いてから、ほんの少しだけ肩越しに彼を見遣る。

目は合わせず、ひょこっと頭を下げるだけで、ターミナル内に戻った。


例年より三日ほど遅く、東京に梅雨明け宣言が出た、七月下旬。

私は遅番勤務に入る前に、チェックインカウンターで一緒に働いていた同期の仙道《せんどう》杏子《きょうこ》と、従業員食堂でランチの約束をしていた。

今日は杏子も遅番だけど、ゲート案内の遅番とは時間帯が異なる。

お互いにいつも決まった時間に休憩に入れるとも限らないから、同じ空港で働いていても、偶然会うことも稀《まれ》。

こうして、業務時間外にわざわざ約束して時間を合わせないと、なかなかゆっくり話せないのだ。

「少しくらい、ばったり会ったりするかと思ってたけどねえ」

お互い、すでに制服を身につけているから、時間ギリギリまで一緒に食事をしても、すぐに業務に就くことができる。

「むしろここ、パイロットとかCAの方が遭遇率高いよね」

私も杏子に同意して、テーブルの周りを見遣る。

彼らの方こそ不規則勤務だけど、フライトの合間を縫って、コーヒーブレイクに現れたりするから、意外と見かけることが多い。

昨日もここで遭遇したCAのグループを見つけて、私は反射的にサッと頭を屈めた。

「？　遥、なにしてんの」

杏子が、不思議そうに首を傾げる。

私がなにから隠れているのか探そうとしてか、辺りに目を走らせた。

「あ、いや。ええと……」

私はぎこちなく笑って返しながら、ほんの少しだけ背を起こした。

それでも、肩を縮こめて身を小さくして、なるべく彼女たちの視界に入らないよう、努力してみる。

久遠さんに『弄ばれた』と訴えていたCAが、あの中にいる。

あの時、すぐ横をすれ違ったものの、私のことはまったく目に入っていなかったようで、あれから何度か見かけても、彼女が私に気付く様子はない。

でも、こっちは気になってしまい、目にするたびにギクッとする。

実際、久遠さんと深い関係はなかったとわかっていても、本当のところは……？と勘繰ってしまう。

あんなことを言われて、フライトが一緒になる時とか、どうしてるんだろう？

いろんなことでモヤモヤして、どうしても、久遠さんの姿を脳裏に思い浮かべてしまうのだ。

そのたびに、一週間前、展望デッキで彼と一緒に飛行機を見送った時のことが胸をよぎり、私は鼓動を乱す。

久遠さんが、離陸時のコックピット内部を、ナレーションしてくれたりするから。

彼が私に向けるのは、相変わらず意地の悪い言葉だったけど、後になって振り返っても、こうして胸が躍るくらい、楽しい会話だったのは間違いない。

あれで、久遠さんにちょっぴり近付けた気がする。

せっかく仕事で関わりがある人だから、これを機に、もっと普通の会話ができたらいいなと思っていた。

なのに、あれ以来、なぜだか、空港で彼の姿を見ていない。

タイミングって難しい――。

「……はあ」

思わず、声に出して溜め息をつくと。

「溜め息も出るわよねえ」

向かい側で、杏子が私に同意を示している。

彼女も浮かない顔で深い息を吐くのを見て、箸を止めてきょとんと瞬きをした。

「どうかした?」

「梅雨が明けたら、夏本番。世間は夏休み真っ只中で、開放感いっぱい。空港には、旅客が溢れる。私たちにとっては、苦悩の超ハイシーズンに突入……」

「あ、ああ……そういう」

「毎日毎日、ビーチリゾートでバカンスです~的な、ラブラブオーラを発するカップルと、カウンター越しに向き合ってさー」

憂鬱の理由に合点して、乾いた笑い声を漏らす私の前で、彼女は勢いづく。

「チケットなんか発券してやりたくないし、行ってらっしゃいなんて言いたくもない。これからそういう暑苦しいのが増えてくると思うと、ただでさえ猛暑なのに、ほんと憂鬱。あー、鬱陶しい‼」

「ははは……」

彼女の盛大すぎる愚痴には若干腰が引けるけど、まあ、言わんとしていることは、実際私もチェックインカウンターにいたから、よくわかる。

「それにさ。これから旅行だって浮かれてるわりに、チェックイン時間過ぎて、バタバタ駆け込んでくる人って、ほんと意味不明」

杏子がテーブルに頬杖をつき、唇をへの字に曲げた。

そう……遠足を楽しみにしすぎて、当日熱を出す子供のような感じだろうか。

せっかくの旅行なのに、空港に遅刻する人は結構いる。

そうなると、搭乗ゲートに急いでもらわなきゃいけないので、チェックイン担当者が、手荷物検査場まで、走って誘導することになるのだ。

もちろん、旅客が増えるハイシーズンは、その頻度も高くなる。

「あ～、嫌だ嫌だ。私も、パーッと遊びに行きたい！」

杏子が、いきなり喚《わめ》き出した。

「ね、遥。来月、休み合うとこないかな。海行こうよ、海！」

カルボナーラのパスタをフォークにくるくる巻き取りながら、そう続ける。

「海？　遠いでしょ。一日じゃしんどい」

私たちのシフトは、公休の翌日は早番になるのがスタンダードだ。遠出して帰りが遅くなると、翌日の勤務が苦しい。

それには杏子も同意するように、「う〜ん」と唸った。

「だったらプールでもいい。あ、ナイトプールなんてどう？」

思いついた！というように、目を輝かせる。

「夜なら、早番の後でも行ける。翌日遅番なら、問題ないじゃない？」

「え。ナイトプール……」

「夏らしく、ムーディーに、大人っぽく！　ね、ビキニ新調して、ふたりで行こうよ。でさ、でさ、ちょっとカッコいい男二人組にナンパされちゃったりとかっ」

思いつきのわりに、彼女はフォークをお皿に置き、祈るように手を組み合わせた。

すさまじい妄想の世界に突入している。

「ナンパ⁉　ちょっ、待って。……私、ビキニはちょっと」

尻込みする私に、「ええ〜」と不服そうな声をあげる。

「ナイトプールでワンピースは興醒《きょうざ》めでしょ」

「でも、恥ずかしい……」

そもそも、ナイトプールに行くことすら、まだOKしていない。

『夏らしく、ムーディーに、大人っぽく』──。

今は、そんな気分にもなれない。

と、その時。

「なに？　遥ちゃん。楽しそうな話してるね」

突然そんな声が頭上から降ってきて、私はギョッとして顔を上げた。

しっかりと副操縦士の制服を纏《まと》った風見さんが、湯気の立つコーヒーのカップをのせたトレーを持って立っている。

「っ、風見さ……！」

「久しぶり。あ、ここ、お邪魔していい？」

食事に来たのではなく、ちょっとコーヒーブレイクといった格好だ。

「ど、どうぞ」

少しお尻をずらして場所を空けると、彼は「サンキュ」と言いながら隣に腰かけた。

早速カップを口に運ぶのを見て、私はポンと手を打つ。

「あの。久しぶりっていえば」

「ん？」

「最近、久遠さんって……」

最近見かけない久遠さんのことを聞き出そうとした私の視界の端に、パクパクと口を動かす杏子が映った。

『誰？』と聞いているのに気付き、

「あ、ごめん。え〜と……副操縦士の、風見さん」

私が紹介すると、風見さんは杏子に向かって、「よろしく」とニコッと笑った。

「こちらこそ。遥の同期で、チェックインカウンターの仙道です」

チェックインだと、普段、パイロットとの接点はないから、杏子の方はちょっと緊張気味だ。

それに比べて、風見さんは慣れたもの。

「チェックインも、この時期は大忙しだね。遥ちゃんに負けないくらい、走り回ってるんでしょ？」

クスクス笑いながら、軽い調子で話題を引き出す。

杏子が、「そうなんです！」と食いついて、テーブル越しに身を乗り出してきた。

「空港で仕事してると、みんなのバカンスシーズンは、海外旅行なんて行きたくても行けないし！　だからせめて、少しでも夏っぽく開放的な気分になろうって、遥とナイトプールに……」

「！　待って、杏子！　私、ナイトプールは無理！」

このままでは本当に断れなくなりそうで、私は急いで言葉を挟んだ。

すると、風見さんに言い募っていた杏子が、「えーっ！」と声をあげる。

「遥、ノリ悪いよ～」

「う……ごめん。だって、そういう大人っぽい感じのとこって、行ったことないし」

「私だって、初めてだよ」

本気でボヤく彼女には申し訳ないけど、怯む気持ちは変わらない。

「ごめん。でも、私、ゲート案内でのハイシーズン、初めてだし。しっかり乗り切るのが先決」

胸を反らして続けると、それには杏子もグッと口を噤んだ。

結局、空港の仕事が好きなのは、彼女も私と一緒だ。

だからその反応にホッとしたものの、同時に、一週間見ていない久遠さんの姿が脳裏をよぎる。

「万が一知られて……夏だからって浮かれてる、とか、思われたくないし」

そのせいで、ポロッと心の声が口を突いて出た。

「え？　なに？」

聞き拾ったのか、杏子が聞き返してきた。

隣から、風見さんが横目を向けているのも感じる。

「い、いや。えっと……」

「久遠さんに知られたら……ってことか」

慌ててごまかそうとした私に、風見さんがポツリと言葉を挟む。

私は図星を指されて口ごもり、そっと彼に顔を向けた。

風見さんは、口元に運んだカップに目を伏せ、静かにコーヒーを飲んでいる。

そして、

「……よっし、っと！　ごちそう様」

まだ半分残っているカップをトレーに戻し、勢いよく立ち上がった。

「あ」

私はつられて、喉を仰け反らせて彼を仰ぐ。

トレーを手にした風見さんが、顎を引いて私を見下ろし、ニコッと笑った。

「お邪魔しました。俺、そろそろ戻らないと」

杏子に軽く頭を下げ、ビシッと背筋を伸ばして下膳台に向かっていく。

私は大きく振り返り、その背を一度は見送ったものの……。

「っ、ごめん、杏子。ちょっと行ってくる！」

「え？　遥……」

驚いた顔をして口を開ける彼女を横目に、腰を浮かせる。

「ごめんね、遊びに行く計画は、また今度！」

ほとんど手つかずのランチのトレーを持ち上げ、先を行く風見さんの背を追いかけた。


従業員食堂を出たところで足を止め、左右を見回す。

左手に、姿勢よく歩いていく副操縦士の制服姿を見つけて、

「風見さん！」

私は思い切って呼びかけてから、床を蹴り、駆け出した。

彼は一瞬ピクッと肩を動かし、その場に立ち止まって、私に向き直ってくれる。

「どうしたの？　遥ちゃん」

いつもの調子で、ニコッと笑ってくれる彼の前で、私は大きく息をつく。

一度、胸いっぱいに酸素を取り込んでから、

「あの」

やや改まって切り出したものの。

「ナイトプール。久遠さんに知られても、プライベートだし、浮かれるな！とか、怒られたりはしないと思うよ？」

久遠さんの耳に入ることを気にした私を見透かし、悪戯っぽく動く瞳の前で、私は口を噤んで言い淀む。

風見さんは口角を上げて笑ってから、ふっと吐息を吐いた。

「万が一知られたら……って、久遠さんのことでしょ？」

「う……」

私は、意味もなく両手の指を組み合わせながら、視線を彷徨《さまよ》わせた。

だけど、ごまかしようがなく、肩を落とす。

風見さんが、眉尻を下げた。

「その前も、久遠さんのこと、なんか俺に聞こうとしてなかった？」

そう言われて、私は勢いよく顔を上げた。

「あの……この一週間、空港で見かけないなって思って」

促されたのを幸いと、身を乗り出して訊ねる。

風見さんは特に表情も変えずに、「ああ」と軽い相槌を返してきた。

「今週は国際線乗務だよ。機長就任後、しばらくは国内線をいくつも搭乗して飛行距離稼ぐんだけど、晴れて国際線デビューだね」

「国際線……」

無意識に反芻する私に、律儀に「うん」と頷いてくれる。

「ハワイ便って言ってたかな。まあ、コーパイ時代は、嫌ってほど飛んだ路線だろうけど」

「ハワイ……」

国際線はターミナルが違うし、姿を見かけないのは当然だった、と安堵《あんど》しても。

つい先ほどまで、杏子と夏だ海だナイトプールだ……なんて話をしていたせいもあり、久遠さんの機長としての国際線デビュー、ハワイ便は、なんとも夏らしくキラキラしている。

しかも、現地で一、二泊ストップオーバーしてから帰国便に乗務することを考えると、ほとんど〝バカンス〟。

それが業務だから、たまらなく羨ましい上に……ちょっと、モヤモヤする。

「私はナイトプールも断ったのに……って顔してる。遥ちゃん」

わざわざ背を屈め、からかうように覗き込まれて、私は慌てて一歩後ずさった。

「ハワイで〝バカンス〟の久遠さんが、羨ましい?」

「い、いえ！　私は、別に……」

「国際線乗務の時って、観光したり食事したり……クルーで過ごすことが多いんだよね。デビューフライトも無事済んで、久遠さんもハワイ満喫できるかな」

目線を上げて説明されて、グッと言葉をのむ。

CAを中心としたクルーと、ハワイ観光やグルメを楽しむ久遠さんを想像してしまい、胸がザラッとする。

それをどう消化していいかわからず、自分のパンプスの爪先に、曖昧《あいまい》に目線を落とす。

クスッと笑う声が、頭上から降ってきた。

「まあ、久遠さんも楽しんでるだろうからさ。遥ちゃんも、遠慮することないよ。今年の夏は一生に一度なんだし、エンジョイ、エンジョイ!」

続く言葉に、そっと顔を上げる。

目が合った途端、風見さんが肩を揺すって笑った。

「ってわけで……。さっき話してたナイトプール。俺と行かない?」

「……え？」

一瞬、なにを言われたかわからず、きょとんとする私に、悪戯っぽくくるくると瞳を動かす。

「あ。もちろん、仙道さんも一緒でいいよ。なんなら、もうひとりコーパイ誘うし」

バチッとウィンクして言われ、私はパチパチと瞬きをした。

「共に空港で働く異業種同士。この間の交流会と同じ感覚でさ」

「交流会……」

確かにあれから、久遠さんとの関係が、少し変化したことを思い出した。

そういう意味では、交流会だったと言っていいのかもしれない。

「いや、でも、プール……？」

やはり、そこが引っかかる。

唇を結んで、ついつい逡巡してしまう私を、風見さんが見下ろしている。

「プールがダメなら、また飲み会でもいいよ」

探るような誘いに、とっさに言葉を返せない。

飲み会ならこの間も応じたし、今さら悩むほどのことでもない。

でも、あの時久遠さんに、『男にかまける』と言われた。また風見さんと飲みに行くと知られたら、やっぱり心証よくないかな、なんて考えてしまう。

風見さんは、答えに悩む私をジッと見つめていたけれど。

「ま、俺はプールに行きたいけどね。遥ちゃんのビキニ姿、ぜひ拝みたいし」

拝むと言われて、私は瞬時に、久遠さんを思い出してしまった。

ガラス越しに私の裸をチラ見していた、むっつりスケべな彼が胸をよぎり、心臓がドキッと跳ね上がってしまい、

「っ、え⁉」

そのせいで、風見さんへの反応が遅れた。

「じゃ。いい返事、待ってる」

彼は軽い調子で片目を瞑り、私の肩をポンと叩く。

そのまま、颯爽と歩き出してしまった。

「か、風見さん⁉」

一瞬、呆然としかけて、ハッと我に返る。

慌ててその背を目で追うと、まっすぐ前を向いたまま、大きく手を振ってくれていた。

ややオーバーなアクションのせいで、通路を行き交う空港職員たちが、わざわざ振

り返るほど。

おかげで、私まで注目を浴びて、悪目立ちしてることに気付き……。

「っ……」

身を縮めて、刺さるような周囲の視線から身を隠す。そのまま、コソコソと逃げ出すしかなかった。

初めて知る彼の温もりと欲情

風見さんとの飲み会に、応じるか応じないか。

返事をする機会もないまま、数日が経ち――。

「風見さんっ‼」

遅番の入り時間、少し早めにゲートに到着した時、風見さんがフライトを終えて飛行機から降りてきた。

急いで後を追って呼びかけて、なんとか捕まえることができた。

「お疲れ様、遥ちゃん」

バタバタと慌ただしく駆け寄った私に、彼は足を止めてにっこり笑った。

その横を通り過ぎるCAたちが、「風見さん、デブリーフィング遅れますよー」と、ニヤニヤしながら冷やかしていく。

彼とセットで浴びせられる、好奇心いっぱいの視線にヒヤヒヤして、私は無駄に身を縮めた。

なのに、風見さんはまったくこたえておらず、「すぐ行きますよ」と、軽い調子で返す横顔は柔らかい。

どうして私が、風見さんとセットでCAから注目されているかというと……。

この間の従業員食堂での会話や、その後風見さんに誘われたのを、数人のCAに見聞きされていたせいだ。

それが、いつの間にか噂になって、ひとり歩きしている。

私は、三日前の夜、杏子から聞いて初めて知った。

『ナイトプール、あれだけ嫌だって言ってたのに。しかもダブルデートって、どういう話になってんの!?』

いつもLINEなのに珍しい、と思いながら電話に出た途端、開口一番で浴びせられた質問。

私は、度肝を抜かれた。

私はまだ、風見さんに返事をしていない。杏子を誘って飲み会の方向なら……とは思っていたけど、なぜか勝手に、ナイトプールのダブルデートにすり替わっている。

『ダブルデートってことは、私も？』と、やや興奮気味の杏子には、『ダブルデートなんて約束、してない！』と、慌てふためいて説明した。

彼女はちょっと残念そうだったけど、なんとかかわして電話を切った。

こうなっては、この間と同じ感覚の飲み会にも、応じるわけにはいかない。

だからこの二日間、フライトの合間の彼を捕まえようと、躍起《やっき》になっていたのだ。

「あの！　風見さん、三分だけください。こっちに！」

私は彼の腕を掴み、グイと引っ張った。

「うわっ。なに、遥ちゃ……」

私の行動は完全に意表を突いたようで、風見さんも素っ頓狂な声をあげる。

それに構わず、私はロビーにいる職員や旅客の目を避け、『STAFF ONLY』というプレートがかけられた重いドアを開けた。

ドアの向こうには、駐機場に降りることができる、鉄の階段がある。

私の後から続いて出てきた風見さんと、踊り場で向かい合った。

途端に降り注ぐ、強い日射し。

梅雨が明けてから連日猛暑で、駐機場には蜃気楼《しんきろう》が立ち込めている。

湿った生温い風がそよぎ、風見さんと私の髪が揺れる。

彼はちょっと鬱陶しそうに前髪をかき上げ、生え際でぎゅっと握りしめた。

私は、その様を見ながら、胸を上下させて深呼吸をして——。

「あの、風見さんっ」

「わかってるよ。ダブルデートのことだろ?」

私の用件を見抜いていた風見さんに、先回りされてしまう。

勢いを削がれて口ごもると、彼は困ったような笑みを浮かべた。

「ごめんね。どこかで話がこんがらかったみたいで、尾ひれに背びれまでついちゃって……」

「風見さんのせいじゃないです。でも、なんとかしないと! 私、噂になってるって、杏子から聞いたんです」

風見さんがあまり真剣に捉えていない様子だから、私は焦りを隠せない。

「杏子の耳に入るくらいだから、食堂とか休憩室とかで、相当噂されてると思うんです。ナイトプールでダブルデートなんて、久遠さんだけじゃなくCAさんからも、浮かれてるとか、たるんでるって思われちゃう……!」

勢い余って口走り、自分の声に詰まって噎せた。

ゴホッと咳き込む私の前で、風見さんは駐機場を見遣り、無言で頭をかいている。

「あの……風見さん? 聞いてます?」

私は窺うように呼びかけた。

この噂に対して、私と彼の間には、温度差があるような気がする。

風見さんはどこか上の空といった様子で、私から目線を外したまま、「うん」と返してくれた。

でも、その先はまた黙ってしまうのを見て、思い切って口を開く。

「……あの。そういう現状なので、ナイトプールはもちろんですけど、飲み会も遠慮したくて」

「そう来ると思ってた」

ぼんやりしてたわりには、速攻で返事をしてくれた。

「うん……わかった。いいよ」

まだ駐機場に目を落としたまま、溜め息混じりに言うのを聞いて、私はホッと胸を撫で下ろす。

「すみません……。副操縦士のお友達は、大丈夫ですか？」

「ちゃんと返事もらってから誘うつもりでいたから、それは平気」

風見さんはそう言って、ゆっくり私に視線を戻した。

「そう、ですか。それならよかっ……」

「あのさ、遥ちゃん」

少し改まった調子で呼ばれて、私は途中で言葉を切る。

彼は、軽く足を引いて、私と真正面から向き合った。

「俺と噂になると、迷惑?」

「え?」

頭上から降ってきた質問は、私の想像の斜め上をいくものだった。

もちろん、とっさに返す言葉がなく、私は口を噤んだ。

風見さんは、私の返答を期待していなかったのか、再び目を逸らしてしまった。

すぐ左手のゲートの方、駐機場を見下ろす。

彼が先ほど降りてきたジャンボ機が、トーイングカーに牽引《けんいん》されて、プッシュバックでゲートから離れていくところだった。

それを見送る作業着を着た整備士の姿は、地面から立ち上る蜃気楼で歪んで見える。

そういえば。

今野さんの彼って、整備士だって聞いたっけ。

もしかして、あの中にいるかもしれない、なんて思考がよぎり、私はなんとなく手すりから身を乗り出した。

と、同時に。

「押すばかりじゃなく、引くことも大事……か」

「え？」

独り言といった感じの呟きを拾って、私は顔を上げて聞き返した。

だけど、風見さんは黙ってしまう。

真剣に飛行機を見つめる横顔。

ちょっと厳しい目は、あまり見慣れない。

なぜか怯んで、先を促すこともできずにいると、いきなり内側からドアが開き、私も風見さんも、ハッと息をのんだ。

姿を現したのは、久遠さんだった。

「っ……久遠さん！」

私は、大きく目を瞠った。

先週は国際線乗務だったと聞いていたけど、今週に入っても姿を見ることはなかった。

久しぶりすぎて、無意識に声が上擦ってしまう。

久遠さんの方は、ドアを開けてすぐのところに、人がいるとは思っていなかったのだろう。一歩踏み出しかけて、ギクッとしたように足を止める。

パチパチ瞬きをして、私と風見さんを交互に見遣り――。

「お前ら、なにやってんだ。こんなところで」

気を取り直した様子で、胸を反らして腕組みをした。

真一文字に結ばれた薄い唇に、私は条件反射で気を引き締める。

「風見。お前、さっきの便で戻ってきたんだろ？　こんなところで油売ってる場合か」

久遠さんの鋭く細めた目に射貫かれ、風見さんもグッと口ごもる。

それを見て、私は慌てて口を挟んだ。

「久遠さん、違うんです。私が、話したいことがあって……」

すると、彼の視線が私に流れてくる。

「デブリーフィングがあるっていうのに、応じたのは風見だ」

すげなく言い捨てられて、返す言葉に窮してしまった。

「すみません。すぐ行きます」

風見さんは、私をかばうように割って入り、久遠さんに頭を下げた。

そして、なにか言いたげに私を一瞥したものの、結局無言でドアを開ける。

もちろん私も、久遠さんの咎めるような視線の前では、彼に謝ることもできない。

ただ、ぎゅっと胸元を握りしめ、ドアが閉まって彼の背中が見えなくなるまで見送った。

久遠さんとふたりきりで、取り残されてしまった。

だけど、状況を意識する間もなく……。

「酒匂。お前もさっさと戻れ」

素っ気なく言われて、弾かれたように振り返った。

久遠さんは涼しい顔をして、カンカンと音を立てて階段を下りていってしまう。

「あ、あのっ……」

なにを言おうとしたかわからないまま、焦燥《しょうそう》感に駆られて呼びかけていた。

だけど、階段の中ほどで足を止め、振り返った彼の瞳が想像以上に厳しかったから、怯んで言い淀んでいると。

「風見と、ナイトプールでダブルデート……だって？」

鋭い目をして問われ、条件反射で絶句した。

「随分とお盛んで結構だが、デートの約束なら、他でやれ」

すげなく言われて、私はギョッと目を見開く。

すぐに、でたらめな噂が彼の耳にも入っていることを察し、しかもとんでもない誤解をされていると気付いた。

「ち、違います、待っ……」

即弁解したくて、後を追いかけようとして——。

「っ」

私は二段下りて踏み止まった。

私の視界の真ん中で、久遠さんが颯爽と駐機場に降り立つ。

一度もこちらを振り返らずに、右手のゲートに向かう広い背中を、私は歯がゆい思いで目で追った。

そこには、すでにジャンボ機が駐機している。

フライト前の最終確認だろう。

久遠さんは担当整備士を呼んで、挨拶を交わすと、整備士に案内されて、飛行機の周囲を歩き出した。

本当は、今すぐ誤解を解きたいところだけど、久遠さんの仕事の邪魔になってしまう。

どうしようもなく後ろ髪を引かれる思いを抑え、私は踵を返してロビーに戻った。

その後は、誤解を解こうにも、久遠さんのフライトに就けないまま。

その日の終業時間目前でようやく、彼の札幌便をお迎えする機会に恵まれた。

遅番の入り時間は、すでに混雑のピークに突入しているため、勤務開始時から走り通し。夜十時を過ぎると、体力には幾分自信がある私もへとへとだ。

八月。夏休みでも特にハイシーズンの空港は、連日旅行客で大混雑。

各航空会社が増便対応しているため、朝から晩まで、飛行機が分刻みで離発着する。

もちろん、地上で働く私たちも大忙し。

ひとつの持ち場に配置される人員が減って、その分やることも多い。

でも、サービスが手抜きになってはいけない。

空の旅を楽しんで地上に戻ってきたすべての乗客に、最後の最後まで気持ちよく空港を利用して、安全にご自宅に帰ってほしい――。

さあ、あともう一踏ん張り。

久遠さんが一日のフライトすべてを終えて、私も業務後なら、話を聞いてもらえるかもしれない。

そのチャンスを願って、自分を鼓舞した。

ゲートの準備を急ぐうちに、いつの間にか定刻を迎えていた。

ふと、窓の外を見遣ると、遠い夜空に点滅する、機体の主翼ライトを見つけた。

遥か銀河で煌《きら》めく星が放つ光の間を縫って、あっという間に地上に接近してくる。

空港の窓ガラス越しでは、滑走路に降り立つジャンボ機は深い闇に包まれ、機体の輪郭を捉えることもできない。

ただ、赤い誘導灯に平行して、赤と緑のナビゲーションライトと白いランディングライトが、スーッと通り過ぎていくのを眺めるだけ。

私の横に立ち、一緒に着陸を見守っていた主任が、「さすがね」とボソッと呟いた。

「夏休みシーズンは、この時間になっても空は渋滞してるのに、着陸権を逃さず定刻に着陸できるのは、管制との交信を、より密に行ってるからだそうよ」

そういえばこの札幌便、強風で二十分ディレイだったそうだ。

なのに、定刻通りの着陸。

主任の言う通り、空も滑走路も大混雑してる中で、確かに、さすがと唸るしかない。

窓ガラスに手をついて、無意識に感嘆の息を吐いた。

主任が私の肩をポンと叩き、

「さ。今日最後のお迎えよ」

と、促してくる。

「はい」

私も気合を入れ直し、持ち場に就いた。

クルーの最後に、久遠さんがターミナルに戻ってきた時、私はお客様をご案内するためにゲートを離れていた。

「お疲れ様でした、久遠機長」

急ぎ足で帰ってきたら、一番近くで出迎えた主任が、彼を労う声が聞こえてきた。

「ありがとうございます」

久遠さんは軽く目礼して、颯爽と到着ゲートを後にする。

いけない、行ってしまう……！

「久遠さんっ」

慌てて、彼の背を追おうとした。

だけど、そのタイミングで、彼との間を旅客が横切り、私は足を踏み出しただけで立ち止まった。

視界が阻まれたのは、ほんの一瞬。

私の呼びかけは届いていたのか、再び目に映った久遠さんは、軽く上体を捩ってこちらを振り向いていた。

「あ！」

虚空《こくう》で、目が合ったと確信できた。

なのに、私が床を蹴るより速く、彼は無情にもクルッと踵を返してしまう。

「え？　く、久遠さ……！」

再度の呼びかけも虚しく、あっという間に遠ざかっていった。

私も、これ以上ここから離れるわけにいかないから、その場に踏み止まるしかない。

ひとりポツンと立ち尽くし、やや呆然として、小さくなっていく背中を見送った。

もしかして、避けられた――？

私は激しく意気消沈して、肩を落とした。

そのまま、とぼとぼとゲートに戻る。

先にゲートクローズを始めていた主任に合流して、小さな溜め息を漏らした。

「突っ走りすぎて、疲れた？」

主任にからかうように問われて、ぎこちない笑みで返す。

だけど、胸がチクチクと痛み、笑顔は続かなかった。

久遠さんが立ち止まったのは、私の声が聞こえたからだと思う。

遠くからでも、確かに視線はぶつかったのに、待ってくれずに先に行ってしまうなんて。

避けられたというより、無視された……？

そんな予感で、なんとも重苦しい思いが、胸いっぱいに広がる。

風見さんと妙な噂が広まっていることに慌てて、彼と話していたところを見られた後だ。

誤解されているのもわかっているし、とにかく早く久遠さんと話がしたい一心だったけど、成長しない女だと、見放されてしまったのかもしれない。

業務が終わった後で少しでも話せたら、という一縷の望みが、儚《はかな》く消えていく。

風見さんのお誘いは断ったものの、広がってしまっている噂は、いつになったら鎮まるか。

私が断わったことが久遠さんの耳に入るまで、どれくらい時間がかかるだろう……？

彼に、風見さんと付き合ってると思われたまま、誤解を解くチャンスを待って日々過ごすことを考えると、沸き上がるような焦燥感に駆られる。

やっぱり、ちゃんと向き合って、自分の口で否定したい。

耳に入るのを待つだけじゃ、それに対して久遠さんがどんな反応をするか、どう感じるか、確認することもできないのだから。

でも、明らかに無視されたとわかるから、どうしたら話を聞いてもらえるのか、途方に暮れた。

どうしたらいい？

どうしたら――。

翌週、早番の勤務を終えた私は、帰りの電車に十分ほど乗って、途中駅で降りた。

ここからほんの数分歩けば、久遠さんのマンションがある。

目的地は、そこだ。

今日、空港で久遠さんの姿を見ることはなかった。

休憩中にばったり会った水無瀬さんに聞いてみると、地上勤務だと教えてくれた。

地上勤務は、空港に隣接する本社ビルで、午後五時半までのデスクワーク。

不規則なフライト時と比べれば、帰宅時間もある程度読める。

今日なら、何時間も待つ羽目にはならないと考えた。

少しでも早く久遠さんと話す時間が欲しいと、焦れに焦れて過ごした数日。

世間は、お盆一週間前に突入していた。

オンシーズンの夏休みの中でも、超ハイシーズンを迎えている。

私も常にお客様の対応にてんてこまいで、フライトクルーを気にする余裕もない。

久遠さんをチラッと見かけることはあるのに、挨拶することすらままならない。

どうにかして、話ができる時間と場所はないかと考えた。

もちろん、お互い業務時間外じゃなきゃダメ。でも、空港では人目につくし、また無視される可能性も高い。

避けられず、確実に逃がさない場所といったら、どこだろう——？

こうなったら、最終手段。

私は、彼のマンションの前で、待つことを決めた。

久遠さんの帰宅の頃合いを計って、少し空港で時間を潰してきたから、もう夕刻だ。

それでも、駅から出ると、空にはまだギラギラした太陽が居座っている。

まったく威力の落ちない日光が地上に射し、アスファルトの地面を焦がす。

暑い。

ほんの少し歩いただけで、太陽に焼かれた肌がジリジリする。

足元から立ち込める熱気。

背中にも額にも、汗がじんわりと滲《にじ》み、こめかみのあたりで雫を作る。

額に浮かんだ汗をタオルハンカチで拭き取りながら数分歩き、私は一度だけ来たことのある、立派なタワーマンションに辿り着いた。

初めて来た時は夜だったし、土砂降りの雨の中で視界も悪く、先を行く背中を追ってきただけだから、道順を覚えているかやや不安だった。

だけど、それほど迷うことなく目的地に着いた、自分の方向感覚が誇らしい。

改めて、天に聳えるようなマンションを見上げて、溜め息が漏れた。

気を取り直して辺りを見回し、日除けのある場所を探した。

マンションのエントランスにはコンシェルジュが常駐しているから、ただの待ち伏せの身としては、建物の中に入りづらい。

太陽は西に傾き始めているし、もう少しすればこの熱波も幾分和らぐはず。

なるべく日陰でジッとしていたいけど、久遠さんが帰ってきたら、すぐに気付ける位置じゃないといけない。

そうなると、やっぱり正面玄関から離れるわけにいかない。

私は、玄関ポーチの下に移動した。

壁際に寄って、コンクリートの壁に背を預ける。

屋外ではあるけど一応屋根もあるし、日中の日射しに直接焼かれていないはずなのに、壁はわりと熱を帯びている。

私は、バッグから、スポーツ飲料のペットボトルを取り出した。

それほど喉の渇きが気になったわけじゃないけど、開栓して口をつけると、身体が水分を欲していたようで、一気に三分の一ほどを飲み干してしまった。

ふう、と息を吐き、左手首の腕時計で時間を確認する。

午後五時四十五分。

久遠さんが、ノー残業でまっすぐ帰ってきてくれますように……！

私の祈りが天の神様に通じたのか、彼はそれから三十分ほどで帰ってきた。

地上勤務だからか、あまり見慣れないスーツ姿。上着は脱いで、肩から背中にかけるように、持っている。

ノーネクタイで、くつろげたシャツの襟元。

それでもキリッとして見えるのは、スラッと背が高い上に、背筋がピンと伸びていて、姿勢がいいからだろう。

彼は何気ない様子で歩いてきたけど、玄関ポーチにいる私を見つけると、ギクッとしたように足を止めた。

次の瞬間、大きく目を瞠り、

「……酒匂⁉」

と、やや上擦った声で私を呼んだ。

訝し気に眉根を寄せるのを見て、今になって緊張が込み上げてくる。

「久遠さん。お帰りなさい」

迷惑だって怒られるのを覚悟してドキドキしながら、自分を鼓舞して明るい声を張った。

ちょっと反動をつけて、壁から背を離す。

「っ……」

その勢いのせいか、一瞬クラッときた。

目を閉じ、目頭をグッと押さえて、不快な眩みをやり過ごそうとする。

そうしている間に、弾むように駆けてくる足音が近付いてきた。

「こんなところでなにやってんだ、お前」

呆れ果てた様子の声が、頭上から降ってくる。

「す、すみません」

私は、一度大きく深呼吸をしてから、思い切って顔を上げた。

途端に、目の前の風景がグニャッと歪んだ。

脳が揺れたみたいな、嫌な不快感が全身を走る。

それでも、久遠さんのマンションまで来て待っていた理由を、ちゃんと説明しなきゃ、追い返されてしまうだけだ。

「私、久遠さんに、誤解されたくな……」

なんとか口を開いたものの、目の焦点が定まらず視界が回る。

「？　酒匂？　お前、顔色が……」

不審感でいっぱいだった久遠さんの声に、一瞬鋭さが増す。

彼の声色の厳しさに怯み、私の手がビクッと震えた。

よほど指の力が抜けていたのか、持っていたペットボトルが滑り落ち、黒曜石《こくようせき》の床がガツッと音を立てた。

「っ、おいっ！」

身体のバランスを、保てていないとわかった時、久遠さんの短い声が鼓膜に刻まれ――。

五感で捉えられたのは、それが最後。

私は、まともに彼と話すこともできないまま、意識を失ってしまった。

身体の中で、内臓がグルグル回っているような気持ち悪さ。

頭の芯からガンガン響いてくる痛みは、二日酔いの朝の感覚とちょっと似ているけど、それともまた違う。

なんだろう……。この不快感。

無意識に、眉間にクッと力を込めた時。

――カタッ。

ふと、なにかの物音を、聴覚が捉えた。

それを機に、意識が身体の外に向く。

――カチャッ。

もうひとつ、耳が音を拾って、私は重い目蓋《まぶた》を持ち上げた。

細く開ける視界。

端っこに、わずかな光が射し込む。

「ん……」

それほど眩《まぶ》しくなかったけど、一瞬目に刺さるように感じて、のっそりと右腕を持ち上げた。

目の上にかざした時、

「気がついたか」

物音ではない、低い声に鼓膜をくすぐられて、私は一気に覚醒《かくせい》した。

「……えっ⁉」

勢いよく、上体を起こした。

遮ろうとした光の方向に顔を向けると、どうやら隣の部屋からこぼれる明かりだったようで、ドア枠に寄りかかる人影に気付いた。

焦点を合わせようと、何度か強く瞬きをして……。

「く、久遠さんっ……⁉」

上半身裸で、腰穿きのルーズパンツ。首からタオルをかけた、お風呂上がりといった姿の彼を認識して、私はひっくり返った声をあげた。

「うるせえな」

久遠さんは、言葉通り、うるさそうに眉根を寄せる。

ドア枠から背を起こすと、いきなり私になにか放り投げた。

「えっ？　きゃっ⁉」

反射的に、胸元でキャッチしたものに目を落とす。

ずっしり重いと思ったら、よく冷えたミネラルウォーターのペットボトルだった。

「飲め。少しは気分よくなるだろ」

久遠さんは素っ気なく言って、スタスタと室内に入ってくる。

「あ？　あのっ……」

今、自分がどういう状況にあるのか判断できず、私はなんのセンテンスにもならないワードを口走るだけ。

久遠さんは、奥のクローゼットの前で立ち止まり、左手に持っていた缶ビールをグッと傾けた。

そして、ちらりと私を見遣る。

「覚えてないのか？　お前、人のマンションの前で勝手に待ち伏せして、いきなり倒れただろうが」

「……あ」

そうだった……。

「進んで熱中症になろうだなんて、とんだ人騒がせなバカだな」

まさに言われた通りの状況だったことを思い出し、刺々《とげとげ》した皮肉の前で、首と肩を縮める。

「目の前で倒れられちゃ、放置しとくわけにもいかないだろ。ここは、俺の家だ」

深い溜め息混じりの説明で、今自分がいるベッドが、ものすごく広いキングサイズなのに気付く。

「す、すみません……」

あまりの申し訳なさに、きゅうっと身体を丸め込んだ。

「本当に、ご迷惑おかけし……ん？」

謝罪の途中で、なにか胸のあたりがスースーする違和感を覚え、言葉を切る。

クローゼットからTシャツを取り出し、こちらに向き直った久遠さんが、「ん？」と首を傾げてから、合点したように一度首を縦に振った。

「悪いが、ホック外してあるから」

しれっと言われて、確かにその締めつけがないとわかる。

「ええええっ……!?」

慌てて胸元を隠すように抱きしめ、お尻をずらしてベッドの頭の方に逃げる。

「仕方ないだろ。そのままにしておいて、気分を悪くされても困る。外しただけで、見ちゃいないから、安心しろ」

私の反応にムッと唇を曲げて、喉を仰け反らせてビールをあおる。

男らしい喉仏がゴクゴクと上下する様に、私の胸がドキッと騒ぐ。

「そ、う、ですか。え、と……ありがとうございました」

とっさにお礼を言って、身を縮めたまま両手を背中に回す。

服の中でもぞもぞ手を動かし、なんとかホックを留める。

ホッとしたもののジッとしていられなくて、ペットボトルの蓋を捻《ひね》って開けた。

久遠さんと同じように、勢いよく水を飲む。

冷たい水が喉に沁《し》み入り、とても心地いい。

ふうっと肩で息をする私の方に、久遠さんがゆっくりと歩いてきた。

ベッドサイドで立ち止まると、サイドテーブルにコトンと音を立てて缶を置く。

「……で？」

ルーズパンツのウエストに指を引っかけて、私を促すように語尾を上げた。

「え？」

まだ上半身裸のままだから、その仕草がどこかセクシーで、私はどぎまぎしながら聞き返す。

久遠さんは、直視できずに目を逸らす私に構わず、

「なにしに来た？」

「あ」

当然の質問の前で、私はゴクッと唾を飲む。

それでも、彼に視線を戻すことはできず、ペットボトルを持った両手に目を落とし

た。

「すみません。絶対ご迷惑なのは、わかってたんですが……」

「ご迷惑というより、不可解だな」

頭上から降ってくる、抑揚のない声。

「風見が知ったら、さすがにヤツでも怒るぞ。自分の女が、ホイホイ他の男の家に行ってたら……」

「く、久遠さん！　それ。それ、誤解なんです！」

私は勢いよく口を挟んで、彼を振り仰いだ。

「私、風見さんと付き合ってません。もちろん、彼女じゃないです！」

「は？」

久遠さんが不審を露《あら》わに、眉間の皺を深める。

私は、噂に至った経緯を早口で説明して、肩で息をついた。

彼が無言なのが気になり、反応を探ろうとして、こっそり窺い見る。

「……なるほど、な」

久遠さんは大きな手で口を覆っていて、その声はくぐもった。

「CAか誰かにツッコまれて、風見が否定しなかったせい……ってとこか。そういうことなら、お前にも迷惑かけたな」

口から手を離すと、渋い顔をして、そう言ってくれる。

納得してくれた様子が伝わってきたから、私は安堵して胸を撫で下ろした。

「よかった……誤解が解けて……」

ホッと息を吐いて、ぎこちない笑みを浮かべる。

けれど。

「よくないだろ」

「え？」

「俺が、お前たちが付き合っていると思っていても、なにが問題だ？　わざわざマンションに来てまで、俺に釈明する必要が、どこにある？」

腕組みをして冷淡に言われて、思わず返事に窮した。

確かに、どうして……？

私、どうしてそこまでして、久遠さんの誤解を解きたかったんだろう？

彼が口にした疑問を自分自身にぶつけても、思考と行動の理由を説明できない。

「熱中症になってまで、待ち伏せするほどの用じゃないだろ」

私が黙り込んだからか、久遠さんは素っ気なく言葉を重ねた。

なんとか返事をしようとして、喉に張りつくような渇きを覚える。

私は、脚の上に置いたままにしていたペットボトルを、口に運んだ。

一気に数口飲んで喉を潤し、「ふう」と息を吐く。

「だって……私、風見さんと付き合ってません」

目線を下げ、ポツリと返した。

私の視界の端に、久遠さんがピクリと眉尻を上げる様が映り込む。

「間違った噂なのに、久遠さんに信じ込まれたら、私は困ります。だから……」

「だから？　俺は、どうしてそれが困るのか、理由を聞いてるんだけど？」

なんとか答えたのに、淡々とした短い言葉で遮られる。

「っ、え？」

私は勢いを削がれ、瞬きを返した。

視界の真ん中で、彼がベッドに腰を下ろすのを捉えた。

ギシッという音が耳に届く。

「俺に誤解されたくない、呆れられたくない。自分が他の男のものだと、思い込まれると困る」

久遠さんは軽く身を捩って、ほぼ同じ高さから、力のこもった黒い瞳で私を射貫く。

その強烈な目力の前で怯む私に、

「……お前、俺のこと好きなんじゃないか？」

特段表情も変えずに、あっさりと訊ねる。

「……は？」

一瞬、なにを問われたのかわからず、私は忙しなく瞬きをした。

「え？　ええっ⁉　私が、久遠さんのことを⁉」

理解が繋がった途端、軽く混乱に陥る。

ドキンと胸が跳ねて落ち着かず、ソワソワしてしまう。

え？　そうなの？　そういうことなの？

慌てまくって、頬が火照り出したのが、自分でもわかる。

「なんだ。違ったか？」

久遠さんは、私の反応を一から十まで観察して、眉をひそめたけれど。

「でもまあ、そんなことどっちでもいい」

私から視線を逸らさず、ベッドに片腕をついた。マットレスを軋《きし》ませ、身を乗り出してくる。

「え？　あの……？」

狭まる距離に、心臓を沸き立たせた私に、

「お前、無防備すぎる。今、自分がどういう状況にあるか、認識してるか？」

呆れた口調で、溜め息混じりに問いかけてくる。

「い、今って……」

「俺はこの間、この家のリビングでお前の裸をチラ見して、次回は直接拝んでやってもいいって、宣言してある」

私は、目の前で動く彼の唇を追うのが、精一杯だったけど……。

「その気になったらいつでも来い、とも言ってやったな。風見の女だって認識はあっても、一瞬、そのつもりで来たのかと思った」

「！　私は、そんな……」

しれっと言われて、ギョッとして目を瞠った。

「そうか？　でもお前、のこのことやってきて、今こうして俺のベッドにいる。現状を把握しろ」

次の行動を誘導された気分で、サッと視線を走らせる。

薄暗い寝室。私は大きなキングサイズのベッドにいて、お風呂上がりで上半身裸の久遠さんと、あり得ないほどの至近距離で話をしている——。

「っ」

いやがうえにも、心臓が騒ぎ出す。

改めて確認してみると、すごいシチュエーションだ。

一気に体温が二度くらい上昇したみたいに、身体が熱い。

久遠さんは、言葉を詰まらせる私を、強い力を湛える瞳で縫い留めたまま――。

「お前が風見の女じゃなかったと知って、〝それなら、気兼ねはいらない〟と、俺が欲情したとしても」

「っ、欲っ……⁉」

「今ここで、俺に手を出されても、お前は文句のひとつも言えない。そういう状況なんだよ」

冷淡に畳みかけられ、先に言われた〝無防備〟の意味が繋がる。

私は、ゴクッと唾を飲んだ。

遅れて発動した危険信号が、心拍を加速させる。

彼の鋭い視線に晒される中、身体中あちこちで血管が脈動しているように感じる。

恐怖に近いような、激しい緊張のような。

自分でも、この感覚を、うまく説明できないけれど……。

「お、脅かさないでください。久遠さんって、ほんと意地悪」

なんとかして、妙な空気を払拭しようと、私は上擦った声を挟んだ。

「私、本当に、誤解を解くことで、頭の中いっぱいで」

彼から目線を外して、「それに」と続ける。

「たった今、私が久遠さんのこと好きでも嫌いでもどっちでもいいって、自分で言ったじゃないですか。前から私に無関心なのはわかってるし、この間のことも、タチの悪い冗談に決まって……」

私が早口でまくし立てる途中で、久遠さんは手の下でベッドを軋ませていた。

「それで、俺がお前に手を出すわけがないと高をくくってるなら、たった今から、認識を改めろ」

「えっ？」

低い声で遮られ、私はギクッとして身を竦めた。

反射的に、目を上げてしまったのが、失敗だった。

彼の顔が予想以上に近く、ひゅっと音を立てて息をのむ。

「お前の身体は、俺が知る中でわりと最上級レベルだった。嘘じゃない」

至近距離から、圧倒的な目力で射竦められ、金縛りに遭ったみたいに、身動きできない。

意思に関係なく跳ね上がった心臓だけが、私の身体で今、唯一動いている。

そんな錯覚を覚えるほど、激しく打ち鳴る胸の音がうるさい。

「どっちでもいいっていうのは、お前が俺をどう思っていようが、今、逃がすつもりはないということ。俺はちゃんと宣言しておいたのに、油断して隙を見せたのはお前だ。誰のものでもないと知れば、遠慮なく手を出すに決まってる」

久遠さんは、不遜に言って退け、悠然と身体を傾けてくる。

「っ！　久遠さっ……⁉」

頭の中に、いきなり鳴り響いた警鐘に煽られ、私は叫びに近い声をあげた。

だけど、呆気なく唇を塞がれ、最後まで口にできない。

重なった温もりを認識する間もなく、遠慮なく挿し込まれた熱い舌に搦《から》めとられる。

「っ……！」

ゾクリとした痺《しび》れが、一気に背筋を貫く。

その感覚に焦り、彼の胸を両手で押し返そうとした。

ところが、それより一瞬速く、久遠さんが私の頭を抱え込む。

より強く唇が押しつけられて、顔を背けることもできない。

「んっ……。むうっ……」

くぐもった声を漏らすのがやっとなのに、耳を塞ぎたくなるほどいやらしい水音を立てる唇。

あまりに淫《みだ》らに聴覚を犯し、全身の神経が麻痺《まひ》しそうだった。

いつの間にか身体から力が抜け落ち、まともな抵抗もできないまま——。

彼の方から唇を離した時、私はベッドに押し倒されていた。

「あ……」

久遠さんが、両腕で私を囲い込んで、見下ろしている。

熱を孕《はら》んだ欲情で目元をけぶらせた、見たこともない彼の表情に、私の鼓動は否応なく高鳴ってしまう。

乱れた呼吸で胸を喘《あえ》がせたまま、色気が匂い立つ彼の艶っぽい瞳から、目を離せずにいると……。

「……くそっ。お前、どこまで俺を煽るつもりだ」

久遠さんは、忌々しそうに舌打ちした。

乱暴な言動とは裏腹に、なにか狂おし気に顔を歪める。

どうしてそんな顔をするのか、知りたくて。

「くお……あ、んっ！」

呼びかけると同時に、いきなり胸を鷲掴《わしづか》みにされ、私の身体はビクンと痙攣《けいれん》した。

それでも彼は構うことなく、服の上から大きな手でまさぐってくる。

「ちょっ……！　待って、久遠さ……」

遠慮ない手の動きで、ブラがずれていく。服の下で用をなさなくり、敏感に尖った先っぽを探し当てられた。

「っ‼」

「……ここ、か」

意地悪に指の腹で捏《こ》ね回されて、ゾワッと広がる痺れに背が撓《しな》る。

「やあ……っ！」

目の前に、火花が散った。

意思とは関係のない戦慄《せんりつ》を、抑えようがない。

私の反応を楽しんでいるのか、余裕たっぷりにふっと笑う吐息が降ってくる。

なんとか止めなきゃという意識が働き、私は必死に彼の両腕を掴んだ。

「久遠さん、やめっ……」

「逃がすつもりはない。……そう言ったろ」

情欲が滲む少し濡れた声が、鼓膜に直接刻みつけられる。

「っ、え……？」

一瞬怯んだ隙に、カットソーをまくり上げられた。ブラごと脱がされて、呆気なく頭の上まで持っていかれ、両腕を拘束されてしまう。

「あっ……‼」

顎を引いて確かめなくても、今、久遠さんの下で無防備に胸を晒しているのは、よくわかる。

この間とは違い、ガラス越しなんかじゃない。

吐息にくすぐられるほどの近距離で、久遠さんが裸の私を見つめているのが感じられる。

「嫌、見ちゃダメ！　見ないで、お願い……！」

激しい羞恥で顔を背け、必死に身を捩るのがせめてもの抵抗。

なのに。

「酒匂。俺に抱かれるのが本当に嫌なら、もっと本気の抵抗を見せろよ」

「っ……」

「……じゃなきゃ、俺はやめない」

真上から降ってくる、やけに意思のこもった挑発に、ギクリと身を竦めた。

久遠さんは、カットソーで拘束した私の両手を頭の上で縫い留めたまま、もう片方の手で脇腹を撫で上げてくる。

「あっ！」

「敏感だな。……誰に触られても、同じ反応をするのか」

そうそぶいて、私の胸に顔を埋める。

彼の唇と、脇腹から上ってきた手が、両胸の頂に到達する。

「あ、ダメっ……」

身体を捻り、足をバタつかせて逃げようとするのに、痛いくらい尖った胸の先を、ザラッとした熱い舌で意地悪に転がされた。

信じがたい状況下なのに、私の身体に、甘美な痺れが走る。

「あ……あんっ‼」

指の腹で押し潰され、たまらず、背を仰け反らせた。

久遠さんが、わずかに上体を起こした。

ぐったりして、快感に震える私を見下ろし、口元に妖艶な笑みを浮かべる。

「抵抗どころじゃなさそうだな。それなら、もう抗うな」

「久遠さ……」

「俺のこと好きかどうかは、後でゆっくり考えろ」

どこまでも不遜に言って退け、短く浅い呼吸で胸を喘がせる私に、しっとりと湿った肌を重ねてくる。

私より少し高い体温が肌から一気に浸透して、寒気のような痺れが駆け上り、頭の芯を麻痺させる。

それを見透かしたのか、さらなる官能を呼び覚ますキスが、唇に落ちてくる。

「ふ、うっ……あふっ……」

彼の熱い舌がすんなりと侵入してきて、私のそれにすぐに絡み合う。

止めなきゃ、逃げなきゃ、と最後の理性は働くのに、淫らな水音が体内から聴覚を刺激する。

触れ合っている部分が溶けてしまいそうなほど、彼のなめらかな肌の感触が気持ちよくて、恍惚《こうこつ》としてしまう――。

「くお、さ……」

いつの間にか、腕の拘束は解けて自由になっていた。

だけど私は、もうなにも考える余裕もなく、無意識に彼の背中に両腕を回した。

こらえようのない甘い痺れと悦楽《えつらく》に身を震わせ、

「久遠さん、久遠さん……」

彼の耳元で譫言《うわごと》みたいに繰り返し、自ら求めるようにぎゅっと縋《すが》りついた。

久遠さんが、一瞬ビクンと痙攣する。

「は、はっ……」

私の首筋に顔を埋め、乾いた笑い声でくすぐる。

「……考えなくても、答えは出てるみたいだな。お前も……俺も」

「っ、え……？」

ぼんやりと聞き返した途端、絡むどころか、繋がるような濃厚なキスをされて、頭の中で神経が焼き切れた気がした。

目の前に、星が飛ぶ。そんな感覚を覚えた瞬間――。

「あっ……‼」

彼の骨張った指に、熱く潤った部分を探り当てられ、私の理性は弾け飛んだ。

俺のもの　独占欲は身体限定

ひと晩中、ベッドが軋む音が、耳にこだましていた気がする。

鼓膜には、淫らな水音と、肌と肌がぶつかる音が刻み込まれている。

そして自分の甘ったるく濡れた喘ぎ声と、久遠さんが達した時に漏らした、切なげに苦悶するくぐもった声――。

寝室に響く、複数の濃密な音に、聴覚は犯され続けた。

薄い涙の膜が張った視界に映るのは、裸の久遠さんだけ。

私の全身を這《は》った、彼の手と指の感触。

感じすぎて粟立《あわだ》つ肌を、吸って舐める唇と舌。

最初のうちこそ、私のポイントを探っていたみたいだけど、すぐに意地悪に暴き出して、ちょっと強引に巧みに攻め立てた。

私は何度達しても、全身に絡みつくような愛撫《あいぶ》から、逃れられない。

執拗《しつよう》と言っていいほど押し寄せる快楽の波に、抗う術などもちろんない。

五感のすべてを彼に浸蝕されて、恥ずかしいくらい乱れ、喘いで、鳴いて――。

私は、久遠さんに抱かれたまま、いつの間にか意識を手放していた。

夜が明けて、ロールカーテンが下りた窓の外が、明るくなったのに気付いたのが先か。それとも、ひと晩愉楽に溺れた身体に、気怠さを覚えたのが先だったか。

すぐ隣で起き上がる気配がして、私の意識も覚醒に導かれた。

ベッドが軋む音は、今のものだろうか、それとも昨夜の残響か。

微かな振動で、久遠さんがベッドから下りたのだとわかった。

重い目蓋をぼんやりと持ち上げて、目線だけで気配を追う。

彼は、ボクサーパンツだけ身につけた姿で、床に落ちたルーズパンツを穿いていた。

Tシャツを拾い上げると、私を振り返ることなく、寝室から出ていく。

パタンと静かにドアが閉まって、私はモゾッと上体を起こした。

サイドテーブルに置かれたデジタル時計は、午前八時を表示していた。

そこには、久遠さんが放置した缶ビールと、私の飲みかけのミネラルウォーターも並んでいる。

昨夜、ビールを飲んでいたということは、彼は今日休みだろうか。

少なくとも、空港に行くことはないはず。

でも、私は遅番勤務だ。支度をしに、一度家に戻らなければ――。

いつ眠りに落ちたのか、よく覚えていない。

私は下着すらつけておらず、素っ裸だった。

こんな格好で、久遠さんの隣で眠っていたのかと思うと居たたまれない。

恥ずかしすぎて死ねると思うほど、羞恥心に駆られた。

裸の胸にタオルケットを抱きしめて、ベッドの下に手を伸ばした。

なんとか衣類を探し当て、急いで身につける。

その間も、久遠さんは戻ってこない。きっと、シャワーを浴びに行ったんだろう。

それなら好都合。今なら、顔を合わせずに家から出ていける……！

私は、壁際に置かれていたバッグを抱えると、薄くドアを開けて外に顔を覗かせた。

見覚えのある広いリビングが、視界に開ける。

きょろきょろと視線を動かしてみても、久遠さんの姿はない。

今のうち！とばかりに、私は寝室から出た。

ソファの前のローテーブルに、【昨夜のことはなかったことにしてください】と走り書きのメモを残し、肩と首を縮めて、玄関まで廊下を駆け抜ける。

爪先にパンプスを引っかけ、ドアを開けて外に出た。

足音を気にしながら通路を急ぎ、グランドエントランスに直結のエレベーターに飛び乗って――。

久遠さんに会わずに出てこられたからって、胸を撫で下ろせるわけがない。

――どうしよう。

心臓、壊れそう……。

私は壁に背を預け、ズルズルと滑らせてしゃがみ込んだ。

両手で顔を覆い、深い息を吐く。

私はただ、風見さんと付き合ってるという、誤解を解きたかっただけなのに。

まさか、まさか……久遠さんとあんなことになるなんて‼

心の動揺は、半端じゃない。

心臓が、太鼓みたいに乱れ打っている。

次、会ったら、どんな顔をして挨拶すればいいのか。

どういう態度でいればいいのか。

全然わからない。どうしたらいいの……‼

軽い浮遊感を覚えた後、エレベーターが地上に到着して、ドアが開いた。

ハッと我に返って、弾かれたように立ち上がり、私はほとんど転がるみたいに外に飛び出した。

その朝、目覚めると同時に逃げ出した私が、空港で久遠さんと会ったのは、それから五日経ってからのことだった。

彼の乗務と私の勤務が合わず、途中公休もあって、いい感じにすれ違っていたけど、今日は遅番シフトの一発目から、彼のフライトに就く羽目になってしまった。

久遠さんが乗務するジャンボ機が、ゲートに進入してくるのを見ただけで、緊張感が高まる。

いつも彼はグランドスタッフに軽く挨拶だけして、すぐに機内に乗り込んでいく。

その短い間をやり過ごせれば、顔を合わせずに済ますこともできる。

先輩たちが、「そろそろかしらね」と、久遠さんの登場を待ちわびているのを耳にして、私の心臓はドッキンと跳ね上がった。

身体が茹《ゆ》だったみたいに熱くなって、変な汗がじわっと滲む。

私は、先輩たちに「ちょっと化粧室に……」と断って、ゲートから離れた。

戻るまで数分の間に、久遠さんがコックピットに入ってくれれば、ひとまず安心。

——と、思っていたのに。

久遠さんが現れる時間を避けたはずが、彼の方がいつもよりちょっとのんびりだったせいで、ゲートの手前でばったり鉢合わせしてしまった。

「っ！」

バチッと目が合った瞬間、私は取り繕う余裕もなく、ほとんど条件反射でクルッと回れ右をした。

「あ、おい」

挨拶もせずに逃げ出そうとしたのがあからさまだったせいか、久遠さんがムッとした声色で呼び止めてきた。

「酒匂、待て」

名指しで止められ、肩を手で引かれてしまっては、先輩や主任、旅客の目もあり、手を払うことも拒否することもできない。

ああ、万事休す——‼

でも、現実問題、顔を合わせないように、ずっと避けるわけにもいかない。

時間が経って、お互いの記憶から薄れることを期待していたけど、遅かれ早かれこういう事態に陥るのは、わかりきっていた。

まあ、もうちょっと後にできたらいいな、とは思っていたけど……。

大人しく諦めて、ゴクッと唾を飲んだ。

そして、思い切って振り返る。

「お、お疲れ様です、久遠機長。お気をつけて行ってらっしゃ……」

「いい大人が、書き置きひとつで出ていくか？」

上擦った声で、通り一遍の挨拶を口にした私を、久遠さんは不服そうな顔で遮った。

帽子を取り、やや乱暴に前髪をかき上げたかと思うと、なんの前振りもなくふっと背を屈め――。

「ひと晩中抱き合って、熱い夜を過ごした男、ほっぽり出して」

「！」

「……しかも、なんだ。なかったことにしろって」

皮肉か嫌みか、意地悪か。

とにかく、いつもと同じ調子でコソッと耳打ちされたのは、万が一、人に聞かれでもしたら絶対にマズい、際どい言葉だった。

私はひゅっと音を立てて息をのんだ。

不覚にも真っ赤に染まった顔で、せめてもの仕返しにジロッと睨みつける。

久遠さんは、私の精一杯の睨みも、まったく意に介さない。

小さく鼻を鳴らしてスッと背を起こすと、軽く辺りを見回した。

そして。

「申し訳ありませんが、ちょっと、酒匂借ります」

主任の姿を見留めて、私に断りもなく、勝手に拝借しようとする。

私はギョッとしたものの、相手はジャンボの機長だ。もちろん、主任が断わるわけがない。

久遠さんも乗務が迫っているし、そう長い時間にはならない……というのもあるだろうけど。

「ええ、どうぞ。久遠機長」

とびきりの笑顔で、なんとも快く貸し出してくれてしまった。

「ちょっ、しゅに……！」

「どうも。それでは、遠慮なく」

慌てて反論を挟もうとした私の頭上で、久遠さんもまた、珍しく極上の笑みで返す。

遠巻きに見ていた先輩たちが、恋の矢で胸を射貫かれる様を横目に、

「こっち来い」

私には、とてつもなく不機嫌な顔をして、腕を引いた。

「あ、あのっ、久遠さ……」

とっさに腕を引っ張り返して、抵抗を見せたものの。

「別に俺は、ここで話しても構わないけど？」

ビシッと言われて、私もビクッと身を縮める。

できる限り、あの夜のことには触れたくないと思っていた。

人の耳がある場所で話すなんて、もちろん論外だ。

大きく目を見開き、唇を結んで、ぶんぶんと首を横に振って拒否を示す。

私の反応は、もちろん彼の思惑通りだったのだろう。

「最初から、無駄な抵抗はするな」

腹立たしいほど上から目線で言って退け、抵抗の芽を失った私を、フロアの奥へと連れていった。

お盆の帰省シーズン真っ只中、空港のゲートはどこもフル稼働で、完璧に人目を忍ぶ場所は少ない。

「ここが一番安全か」

久遠さんはエスカレーターを下りて、オープンスポットに沖止めされた飛行機までの移動に使うバスの発着所で足を止めた。

階上のゲートには、旅客の姿もチラチラ見えるけれど、少なくとも会話を聞かれる心配はない。

ここまで来たら、私も腹をくくるしかない。

「酒匂……」

「す、すみませんでした‼」

彼になにか言われるより速く、先手を打って深々と頭を下げる。

頭上から、「は？」と訝し気な声が降ってきた。

私は、直角に腰を折ったまま、ぎゅうっと目を瞑る。

「あの時はほんとに！　突撃でお邪魔しておいて、熱中症になりかけて、ベッドをお借りする事態になり、本当に申し訳ございませんでした！」

一気にまくし立てて、ゆっくりと背を起こす。

大きく息継ぎをしてから、久遠さんを上目遣いに窺うと、彼は眉根を寄せて、ムッと口をへの字に曲げていた。

「ええと、その……一宿一飯の恩義については、また改めて……」

モゴモゴと続ける私の前で、片手に帽子を持ったまま腕組みをして、ふっと目線を横に流す。

「一宿……宿代でも払うか？　使用目的で言えば、ラブホ代だな」

「っ！　く、久遠さんっ‼」

人の耳を気にしなくていいとはいえ、あけすけな言い方にギョッとして、私は頬を火照らせた。

だけど彼の方は、顔色ひとつ変えずに平然としている。

「俺が咎めたいのは、そこじゃない。お前、なにも言わずに逃げ出した上に、ここでも随分とわかりやすく、俺を避けようとしたな」

苛立ちを隠さずにハッと浅い息を吐かれて、私はグッと言葉をのむ。

「すみません……」

「謝って済むなら、警察いらねえ」

「意地悪言わないでください。だって、恥ずかしいに決まってるじゃないですか……」

茹でダコも真っ青なくらい顔を真っ赤に染めて、声を消え入らせる。

「ん？」

訝しそうに眉尻を上げる久遠さんに見られたくなくて、私は顔を背け、両手の甲を当てて隠した。

「仕事で顔を合わせる人なのに、私……」

　歯切れ悪く言い訳をするうちに、必死に考えないようにしていたあの夜の記憶が、脳裏に蘇ってしまう。

「っ！」

　思わず言葉に詰まってしまったせいで、思考回路を見透かされたのだろう。久遠さんは口元に手を遣り、私から目を逸らした。

「……バカか。職場でまざまざと思い出すんじゃない」

「！　すみません！」

「まあ。思い出して赤面するほどよかったなら、こっちもよかった」

「⁉　く、久遠さんっ‼」

　思い出すな、なんて言っておきながら、涼しい顔でとんでもないことを口走る彼に、私はあわあわしてしまう。

「そ、そういうことじゃなくてですね！　付き合ってもいない人とあんなことして、気まずいっていう……」

「おっと、悪い。俺、もう行かなければ」

「っ、はいっ⁉」

ここまで引っ張ってきておいて、腕時計に目を落として、しれっと会話を寸断する彼に、ギョッとして声をひっくり返らせた。

「なっ……久遠さ……」

「お前の話に付き合ってたら、機長の俺がディレイさせる羽目になる。それと、俺の用件は、ひと言で済むから、言わせてもらう」

久遠さんはどこまでも不遜に言うと、強い力のこもった目を私に向けた。

条件反射でドキッとする私の肩を壁に押しつけ、自分は私の頭の上に右腕をつく。

「なっ……？」

彼の影が色濃く落ちてきて、思わずビクンと身を竦ませた私に、

「お前、もう俺のものだから」

トーンを落とした声がなにか意味深で、私の心臓は沸き立つ。

「……え？」

恐る恐る目線を上げると、やや背を屈めて、私を見下ろしていた彼と視線がぶつかる。

目が合うのを待っていたように、久遠さんが好戦的な笑みを浮かべた。

「なかったことにするのは、お断りだ。それが、あの失礼極まりない書き置きへの返

事」

自分が言いたいことだけ言うと、壁から腕を離して背を起こす。

「じゃ、また」

そして、いつもと変わらず、ピンと背筋を伸ばして、エスカレーターに向かって歩いていく。

私はなにが起きたのか把握できず、ポカンと口を開けたまま呆然としていた。

でも、彼がエスカレーターに乗ったところで我に返り、

「っ、久遠さんっ⁉」

金縛りから解けた気分で、壁から背を離して駆け出す。

「待って、久遠さん！」

私も、後を追おうとした。

だけど彼は颯爽とエスカレーターを上っていって、あっという間にロビーに戻ってしまった。

「……え。なに？　どういう……」

私はその場に立ち尽くし、無意識に独り言ちた。

私が久遠さんのものって、いったいなんの冗談？

流されて抗えないまま、身体の関係を持ってしまったけど、好きだと言われたわけじゃないし、付き合おうという話にもなってない。

私たちは、恋人になったわけじゃないのに——。

困惑しながら思考を働かせると、あの夜の彼の言葉が、胸をよぎった。

『俺のこと好きかどうかは、後でゆっくり考えろ』

途端に胸がドクッと沸いて、思わずそこに手を当てた。

あれからずっと、いかに久遠さんと顔を合わせずに一日を乗り切るかばかり考えていて、彼のことが好きなのかどうかにまで、思考回路が働かなかったけど。

あんなことになる前に、答えは出ていたような気がする。

久遠さんに指摘されて気付いたというのが情けないけど、気になって仕方がなかったり、一緒にいるとドキドキするのも、他の人と付き合っていると誤解されたままでは困るのも……多分、ずっと前から彼のことが好きだったせいだ。

でも、久遠さんの方は？

私には『俺のこと好きなんじゃないか？』なんて探っておきながら、自分はなにも言わなかった。

あの時私を抱いたのは、多分、そういう気分の時に、あつらえたみたいに私が無防備に転がり込んだからだ。

ただの偶然、勢いだけの行為。

久遠さんの方こそ、〝なかったことにしたい〟と思っていたはず。

なのに、〝俺のもの〟ってどういう言い草？

その独占欲、謎なんですけど……！


その後、持ち場に戻ったものの、私は仕事に集中することができなかった。

――まったくもって、思考回路が正常に作動しない。

そんな自分に気付いて、慌ててギアチェンジをする。

だけど、どうしても久遠さんとの会話を思い出してしまう。

ゲートの準備が整っていったん落ち着くと、思考を完全にそっちに持っていかれてしまう。

私は、ぼんやりとロビーを見回した。

早い人だと、ゲートの準備を始める前から、付近のベンチシートに座っている。

何人かの旅客が、大きな窓ガラスの向こうに広がる駐機場や滑走路、これから自分が乗る飛行機を、思い思いに眺めていた。

ゲートに駐機しているジャンボ機。

こちらに向かってヌッと突き出たコックピットに、ふたりの人影が見える。

私から見て右のシートに座っているのが、久遠さんだ。

姿形だけで、よくわかる。

途端に、ドッドッと音を立てて加速する心拍に慌てて、とっさに胸に手を置く。

ガラス越しのコックピットで、副操縦士と離陸前のブリーフィングをしている久遠さんを、ジッと見つめた。

表情まではわからないけど、きっといつもと変わらず、淡々と職務を遂行しているはず。

こんなに私の心をかき乱しておいて、自分だけ……と思うと悔しい。

私はカウンターから離れ、窓ガラスに手をついた。

直線距離なら、視界で捉えられるくらい近くにいるのに、彼の方はほんの少しも私の方を見てくれなくて、もどかしい――。

「日本エア航空53便福岡行きは、ただいまより優先搭乗を開始いたします。ファーストクラス、ビジネスクラス、小さいお子様をお連れのお客様、搭乗にお手伝いが必要なお客様から、ご案内いたします」

　私のアナウンスで、優先搭乗が始まった。

　我先にと並ぶ乗客がカウンターに列を作り、私はゲートに立って搭乗券をチェックしていた。

　すると。

「あの、すみません！　誰か、チェックインからシートチェンジの連絡を受けませんでした⁉」

　車椅子の乗客を機内に誘導した先輩が、焦った顔でブリッジを走ってくる。

「はい。私、受けました」

　乗客に搭乗券の控えを手渡してから、そっとその場を離れる。

「お客様がご希望のシート、空いてないんだけど」

「え⁉」

　私はギョッとして、慌ててカウンターに戻った。

　先輩も、後からついてくる。

「た、確かに、16Dから12Bに変更って連絡を受けて……」

　パソコンのシステムを起ち上げ、やや背を屈めてモニターをチェックして……。

「ちょっと待って、変わってないじゃない」

先輩が、眉根を寄せた。

「あ、あれ……？」

「チェックインとこっち、どっちでシステムを修正するか、ちゃんと確認したの？搭乗時に、チケットの確認は？」

「え？だって。シートチェンジがわかっているなら、発券する時にチェックインの方で……」

私がチェックインを担当していた時は、そう教わっていた。

だから、それが当たり前のマニュアルだと思っていたのに。

「そうじゃない担当者もいるのよ。向こうが言わなくても、こっちから確認するのが基本。こういうことがあって困るのは、私たちゲート案内の方。そして、中ではもっと困ってるわよっ」

先輩の声色が、厳しく変化する。

私は、身体中の血がサーッと足元に流れていく音を、リアルに聞いた気がした。

「う、嘘っ……！」

焦りで猛烈に加速する心臓の音を気にしながら、弾かれたようにゲートの向こうに顔を向ける。

「12Bは埋まっちゃってるし。今、久遠機長とチーフパーサーが謝罪に当たって、車椅子用のトイレが近い、後方の席で納得いただけるよう、お願いしてるわよ」

「そ、そんなっ……」

全身の肌が、ゾワッと粟立った。

寒くもない、むしろ暑いくらいなのに、手足の指先が冷たい。

鏡で見るまでもなく、未だかつてないほど顔面蒼白になってるのもわかる。

「わ、私すぐ、謝りに……！」

ほとんど転がる勢いで、ボーディングブリッジへと走り出した。

けれど、機内からゆっくりこちらに歩いてくる、制帽姿の久遠さんを見留めて、反射的に息をのむ。

彼は、ドキッとして足を竦める私を一瞥するだけで、すっと横を通り過ぎていった。

「あっ……！」

私が声をかけようと振り返っても、ピクリとも反応せずに、颯爽と歩いていってしまう。

そして、ターミナル内に戻ると、グランドスタッフの主任を呼んだ。

すぐさま駆け寄る主任に、私の確認ミスが原因で起きた、座席トラブルの経過を報告している。

「幸い、シート変更に同意いただけましたので、システム修正をお願いします。また、予定と違って後方のシートなので、降機の際、福岡のグランドスタッフの手も必要になります」

「大変申し訳ございません！　福岡に報告して、充分連携をとります」

主任が、深々と頭を下げる。

「よろしくお願いします」

久遠さんは短く言って、サッと踵を返した。

今度は私に目もくれずに、機内に戻っていく。

「あ、久遠さ……」

一刻も早く、お詫びしたい……！

急いた気持ちで呼びかけようとして、私は思い留まった。

かえって、迷惑になる。

なにせ、もう乗客の搭乗は始まっている。飛行機は出発間近だ。

私は、足がガクガクするのをなんとかこらえ、歯を食いしばって業務に戻った。

午後十一時。

その日の業務を終えた私は、明かりが落ち、人気もなくシンと静まり返った到着ゲートの片隅で、ベンチシートに座り込んでいた。

あのとんでもないミスの後、主任からはみっちり注意された。

身体をガチガチに強張らせて、久遠さんが操縦する飛行機が離陸するのを見送り、余計なことを一切頭から取っ払って、以降の業務に当たった。

とにかく慎重に、慎重に——。

おかげで笑顔はぎこちなく、動きもぎくしゃくしたけど、その後はミスなく乗り切ることができた。

終業時刻を迎えても、ホッと安堵はできなかった。

自分が情けなくて、仕事終わりの解放感に浸れない。

私になにも言ってくれずに、素通りしていった久遠さんの背中を思い出すと、胸が苦しくなる。

職場にひとり残り、今日一日……いや、これまで犯したミスを振り返ってみようと思った。

どれもこれも、自分の不甲斐なさを痛感するものばかりだけど、やっぱり、さっきの座席変更の確認不足が今までの中で最悪だ。

ここのところ、順調だったのに。

ちょっと心を乱しただけで、こんな……。

自分の未熟さを思い知り、鼻の奥の方がツンとする。

嗚咽《おえつ》が胸にせり上がってきて、必死にこらえたつもりが、喉がヒクッと鳴った。

堰《せき》を切ったように、下目蓋を越えた涙が、次々に頬を伝う。

「う……」

全部自分が悪いんだから、泣いたらもっとみっともない。

わかっているのに、止まらない。

「ふうっ……」

周りに誰もいないせいで、我慢が利かなかった。

私は両手で顔を覆って、前屈みになって声を殺した。

ひくっひくっと私がしゃくり上げる声が、静かなロビーにか細く響く。

久遠さんに、すごい迷惑をかけてしまった。

なにも言ってくれなかった。

絶対、呆れ果ててる。

これでもう、完全に見放されるに決まってる……。

考えれば考えるほど、胸が重苦しくなる。

ズッと、大きく洟《はな》を啜《すす》った時。

「終電、逃すぞ」

頭上から短い声が降ってきて、私は一瞬、呼吸を止めた。

ビクッと肩を動かして固まる私に、深い溜め息が落とされる。

「さっさと、帰れ」

淡々とした低い声は、顔を上げて姿を確認しなくても、誰だかわかる――。

「もっ……申し訳、ありませんでした……!!」

ほとんど条件反射で立ち上がり、相手の顔も見ないまま、勢いよく腰を曲げて頭を下げた。

涙で膜が張った視界に、よく磨かれた黒い革靴が映り込む。

「また、謝罪のために待ち伏せか。とことん好きみたいだな、俺を待ち伏せるの」

からかうように言われて、私は恐る恐る顔を上げた。

久遠さんが、涙でぐしょぐしょの私の顔を見て、ギョッとしたように瞬きする。

「見るに堪えない、ひどい顔してるぞ、お前」

あろうことか、クックッと声を漏らして笑い出した。

あのミスの前だったら、憤慨してふた言くらいは言い返せた。

だけど今、私は肩を落とすのみ。

「自覚してます……」

「なんだ。随分と殊勝だな」

私がいつにも増して意気消沈しているからか、久遠さんの声色が少し柔らかくなる。

「当たり前じゃないですか……」

グスッと鼻を鳴らして、俯《うつむ》いた。

久遠さんも、口を噤む。

無言で私を見下ろしているのがわかる。

「本当に、申し訳ございませんでした……」

一瞬止まっていた涙が再び込み上げてくる。

謝罪するのがやっとで、声を詰まらせる私に、彼は「ふう」と息をついた。

「今日のは、俺じゃなくお客様に謝罪すべきだろう」

皮肉でも、叱責でもないその言葉に、弾かれたように顔を上げる。

久遠さんは、厳しい目をして私を見つめていた。

目が合うと、左手首の腕時計に目を落とす。

「仕事、終わりだろ？」

そう問われ、私は頷いて返した。

「じゃあ、着替えて展望デッキで待ってろ」

「……え？」

思わず瞬きをして、彼にジッと目を凝らす。

久遠さんは、私にふいっと背を向けた。

「あんな話をした後だ。いくらかは俺にも責任あるだろう？」

そう言って、さっさと歩き出す。

「あ……」

声をかけて止めることができなかったのは、やっぱり今日の最悪なミスが、心にズンと圧しかかっていたからだ。

久遠さんに言われた通り、着替えを済ませた私は、第三ターミナルの展望デッキに出た。

彼はどこのデッキかは言わなかったけど、この時間も開放されているのはここだけ。

夜になってもまとわりつく、湿気を帯びた熱い空気の中、私は滑走路に面したフェンスの近くまで歩いていった。

超ハイシーズンなのもあり、ナイトフライトを終えて着陸する飛行機を、眺めることができる。

いつもなら、飛行機を見れば心が弾むのに、今日はさすがに沸き立たない。

右手でフェンスを握りしめ、ただ静かに、飛行機のナビゲーションライトを見つめていた。

「お待たせ」

どのくらい待った後か、背後からそう声をかけられて、私は反射的に振り返った。

Tシャツにジャケットというカジュアルな格好の久遠さんを見留める。

「久遠さ……」

その姿を目にして、先ほどまでの情けなさが、より強く再燃した。

彼のフォローがあったからこそ、大事にならずに済んだ。

呼びかけたきり涙に詰まり、声を殺すしかない。

久遠さんは、無言で私の隣に歩いてきた。そして、フェンス越しに滑走路を見遣る。

「……あのお客様」

「え？」

ポツリと呟くのを耳にして、聞き返した。

「今日の、プライオリティシート」

短く答えられ、なにを話そうとしているか、合点する。

「あのっ……！　本当に、申し訳ありませんでした……っ！」

勢いよく謝罪して、腰を直角に曲げて頭を下げる。

「俺たちへの謝罪なら、さっき聞いた。充分だ」

抑揚乏しく返され、私はおずおずと背を起こした。

久遠さんは、やっぱり暗い滑走路を見つめている。

「乗務する便において、最終的な責任は機長の俺にある。どのお客様にも機内で快適に過ごしていただくために、俺が対処するのが当然だ」

諭すように言われて、私は返す言葉もない。

歯がゆい思いで唇を噛んだ。

「あのお客様は、ＣＡやグランドスタッフの手を煩《わずら》わせることを懸念して、前方の席を強く望まれていた」

静かに続く言葉に、グッと声をのむ。

「今日のミスは、俺たちクルーに対する、お客様の心遣いを無にするものだった。お前は、そこを一番申し訳ないと思え」

「……はい。本当に、すみませんでした……」

久遠さんのお咎めは、やっぱり胸にズシッとくる。

だけど、今は温かみがあって、私は鼻の奥をツンとさせながら返した。

「次、またうちの飛行機をご利用いただけるかわからないが、会うことがあれば、お前からも謝罪しておけ」

「っ……それは、もちろんですっ」

胸を張って即答すると、久遠さんが、私にちらりと目を向けた。

「ああ。よろしく」

ふっと口角を上げて言われて、大きく頷いてみせる。

気持ちを落ち着かせて、お腹の底から「はーっ」と息を吐く。

「あの……ありがとうございました」

改めて、お礼を告げた。

だけど久遠さんは、ジッと滑走路を見つめていて、私に視線を返してくれない。

「……久遠さん？」

その表情がいつもと違う気がして、怯みながら呼びかけた。

彼は、なにか逡巡するような間を置いて、口を開いた。

「なあ、酒匂……」

「はい」

「好きだってだけで、それほど前向きになれるもんか？」

「え？」

私が聞き返すと、顎を撫でながら目線を落とす。

「言ってたよな。空が好きで、本当はパイロットになりたかったって」

初めてプライベートで、久遠さんとふたりきりになった時のことだ。

私は、ひとつ頷いて応えた。

それを見て、久遠さんは……。

「ずっと、不思議だったんだ。なんでコイツ、これだけ俺に叱られて、次に見かける時は笑ってられるんだって」

「は？」

「いや、接客業だ。いちいちウジウジされるのも困る。でも、今みたいに、隠れてひとりで泣くこともあっただろ？」

「！　それは……」

ズバリ言い当てられて、思わず口ごもる私に、ふっと小さく口角を上げる。

「それでも這い上がれるのは、空が、飛行機が、空港が好きだって……お前のパワーの原動力は、そこにあるのか？」

「っ……はいっ」

私は、胸を張って笑ってみせた。

「でも、久遠さんも同じですよね？」

思い切って質問をかぶせると、「え？」と返される。

「久遠さんも空が好きって言いました。だから、きっと……」

「あいにく、俺は飛行機も空港も大嫌いだ」

「……っ、え？」

言われた意味を瞬時には理解できず、私は一拍分の間を置いてから反応した。

久遠さんは、鋭く細めた目で、滑走路を睨んだまま。

「俺は、子供の頃に、飛行機事故で両親を亡くしているんだ」

「……！」

さらに続く衝撃の発言に、私は喉の奥をひゅっと鳴らしてしまった。

「その頃、俺はドイツ暮らしで、仕事で日本に臨時帰国する両親が乗った飛行機を、祖母と一緒に空港の展望デッキから見送っていた。ところが……飛行機は離陸に失敗し、滑走路で大破、炎上した」

「そ、そんな……」

あまりに凄惨《せいさん》な事故に愕然として、なんと言葉をかけていいかわからず、絶句する。

「以来、飛行機を見るのも嫌で、空を見上げることもなかった。もちろん、飛行機に乗りたいなんて思ったこともない。でも、語学力を生かして国際的な仕事がしたいと考えていたから、世界を移動する手段の飛行機に、嫌悪感を持ったままでは困る」

久遠さんは、特段口調も変えずに、その先を続けていた。

まさか、久遠さんが飛行機事故でご両親を亡くしていたなんて――。

今、飛行機に携わる人が、そんなトラウマを抱えていたとは、予想だにしていなかった。

最初にそれを話題にした時、あまりに不用意だったと、自覚する。

夢中になってペラペラしゃべりまくった自分が、無神経で情けなくて、俯くしかない。

「空で他人に命を預けたくない。信じられるのは自分だけ。だったら俺が操縦しよう。そんな卑屈な考えで、俺はパイロットになった。……悪かったな、お前と違って」

それを聞いて、私はそっと目線だけ上げた。

久遠さんは前を向いたまま。

でも、私の視線を感じているのか、ちょっと皮肉気な笑みを浮かべる。

そんな表情に、胸がズキッと痛む。

今、彼がいつもどんな思いでコックピットに入り、操縦桿を握っているのか――。

知りたい気持ちが膨らんで、一度ゴクッと唾を飲む。

「あの。今も、飛行機は嫌いですか?」

思い切って訊ねた。

久遠さんは、無言で私に視線を向ける。

「……怖い、ですか?」

恐る恐る質問を重ねる私から、彼は目を伏せ、やや自嘲《じちょう》気味に口角を上げる。

「怖かったら、乗ってられない」

「っ。で、ですよね。すみませ……」

「あくまでも仕事だ。だから、自分の百パーセントで乗務してる。……だけど、俺にそれ以上の向上心はない」

そう言われて口ごもる私から、彼は目線を外した。

「お前のように、飛行機が好きだったら、百二十パーセントも二百パーセントも、力を出し切ろうと思えるんだろう。そういう意味で、俺はお前が羨ましいよ」

「久遠さん……」

飛行機にトラウマがありながら、自分を卑屈と言ってまで、久遠さんはパイロットになった。

日々操縦桿を握っているというだけで、充分、過去のトラウマに立ち向かっている強い人。

私は、胸がきゅんとするのを感じながら、なにか声をかけたくて言葉を探した。

「あの。私が羨ましいなんて、そんなおこがましいこと……」

「羨ましいのは、その能天気さ、だけどな」

「………」

完璧な言葉は見つからなかったけど、久遠さんのすごさを称賛しようと思ったのに。

大空から一気に撃ち落とされた気分で、私は彼をじっとりと睨んだ。

私の反応を視界の端で捉えたのか、彼は口を大きな手で押さえ、声を殺してクックッと笑う。

「〜久遠さんっ!」

「怒るな。　間違ってないだろ。　俺にはお前が持っている馬力がない。　飛行機が好きになれたら、そのパワーを得ることができるのだろうかって、感心してる」

「っ……」

どこまで本気で、どこから冗談かわからないけど。

目尻に涙を滲ませて私を見つめる彼の瞳が、とても柔らかかったから、私はドキッと胸を弾ませて言葉をのんだ。

私が黙り込むのを見て、久遠さんは笑みを引っ込める。

自分の足元に目を落とし、

「……俺も、自分で飛びたいと思ったのは、お前と同じだ」

ポツリと、そう言った。

男の人にしては長い睫毛《まつげ》から、私は目が離せない。

「ほんの一瞬でも、お前との共通点を見出したのが、なかなか屈辱だけど」

「！　も、もうっ」

からかうような横目を向けて言われて、私は軽く憤慨した。

「せっかく、たくさん話してくれたんだから、最後は素直にかわいく……」

唇を尖らせて文句を言っている途中から、彼が背を屈めて距離を縮めてくるのはわかっていた。

「わ、私のことも、少しくらい認めてくれたって……」

一気に心拍数が増え、鼓動が高まっていたけど、最後まで言えなかったのは、喉に声がつかえたせいではない。

私は、久遠さんに唇を塞がれていた。

私の抵抗がないせいか、彼はすぐに舌先で唇をこじ開けてくる。

「んっ……ん」

舌を絡ませ、無意識の声を漏らしながら、私は静かに目を閉じた。

深夜の展望デッキ。私たちの他には誰の姿も確認できない。

それでも、どこかに人がいるかもしれないのに。

濃い闇に包まれ、乱れる呼吸を潜ませながら、何度も濃厚なキスを交わし——。

「……認めてると言った。とっくに」

唇を離した彼が、私の耳をくすぐりながら、そう囁いた。

限界を超えて高鳴っていた胸が、きゅんと疼いてときめいて、私は声を詰まらせる。

「酒匂、抱きたい」

久遠さんが私の首筋に唇を這わせ、情欲を露わに、掠れた甘い声で誘惑する。

私は、ドキンと大きく胸を弾ませて——。

「……はい」

彼の背に両腕を回した。

返事は消え入りそうだったのに、ちゃんと伝わったようで、久遠さんは私を抱きしめ返してくれた。

心を秘めたまま繰り返す蜜事

　久遠さんのマンションに行くのかと思いきや、彼は私の手を引いて、空港に隣接するエアポートホテルに入った。

　旅行のハイシーズンだけど、運よく空きがあり、私たちは高層階のダブルルームにチェックインした。

　空港の滑走路に面した部屋。ドア口からも、大きな窓が望める。

　黒い夜空に、赤と緑のライトが点滅しながら降りてくるのが見えた。

　背後で、久遠さんが内鍵をかける音を聞いた、次の瞬間。

「あっ……！」

　後ろから抱き竦められ、私は反射的にビクンと震えた。

　彼が、私の首筋に舌を這わせながら、両方の手で胸を揉《も》みしだく。

「久遠さん、ちょ、待って……」

　らしくない性急さに戸惑い、私の身体は強張った。

　なのに。

「ここまで自制しただけで、充分待った」

欲情を憚らない低い声で言い捨て、久遠さんはむしろ手に力を込める。

彼のマンションに帰っても、二十分もかからない。

わざわざホテルに部屋を取ったって、せいぜい十分程度の違いしかないのに。

「早く。触れたい」

焦れているのか、急いた声。

片方の手で私の顎を掴んで無理矢理振り向かせると、肩越しに熱い唇を重ねてきた。

「あ、ふっ……」

声も音も気にする必要がないせいで、展望デッキの時より、いやらしく音を立てた艶《なま》めかしいキスに、激しく官能を煽られる。

私は舌を搦めとられながら、上体を捩り、彼の頭に手を回した。

身体を密着させたまま、ほとんどもつれるようにして、ベッドに倒れ込む。

すぐに久遠さんが私に圧しかかり、身体を重ねながら、肌から剥《は》がすように服を脱がす。

痛いくらい尖った、胸の頂を剥き出しにされて、

「ひゃんっ……」

条件反射で声をあげた私に、不敵な笑みを浮かべる。

「もうこんなにしてる。……お前、かわいい顔していやらしいな」

私が恥ずかしがるのを知っていて、容赦なくそこを攻めてくる。

「やんっ！　や、久遠さんっ……」

この間よりも執拗に舌で嬲《なぶ》るのも、意地悪でわざとしてるとわかっているのに。

「あ、あっ！」

私の身体は強く反応して、まるで陸に打ち上げられた魚みたいに、ビクビクと痙攣を繰り返す。

久遠さんは、そんな私に満足気にほくそ笑み、ベッドを軋ませて身体を起こした。

私を跨《また》いでベッドに膝立ちになり、白いTシャツを裾からまくり上げて、一気に頭から引き抜く。

乱れた髪を、邪魔そうに、頭を振って散らす。

ほどよく割れた腹筋と、引き締まった厚い胸板を惜しみなく披露されて、私の胸が高鳴る。

その間にスカートのファスナーを下ろされ、私はあっという間に全裸になっていた。

「やっ……」

彼の視界に晒される羞恥で、身を捩る私を、

「綺麗だと言ってるだろ。いちいち隠すな」

不遜に言って、あっさりと組み敷く。

「あっ、あんっ……！」

手と指、唇と舌で丁寧に愛撫され、全身至るところで、同時に甘い痺れが駆け巡る。

「久遠さん、久遠さんっ」

たまらず、彼の頭を強くかき抱いた。

彼の吐息に、胸の膨らみをくすぐられる。

「……遥」

「っ……」

なんの予告もなしに名前で呼ばれて、いち早く反応した心臓が、ドキンと弾んだ音を立てる。

まさにそこに顔を埋めている久遠さんには、しっかりと聞こえてしまったようだ。

「すごいな、お前の心臓の音」

からかうようにクスクス笑われて、羞恥心が煽られる。

「だ、だって！ 久遠さんがいきなり、名前……」

「お前も」

「え？」

「俺に抱かれる時は、名前で呼べ」

続くひと言に、私の心臓は懲りもせずに、同じ反応を示す。

「口よりも心拍の方が素直だな、お前」

くぐもった、愉快気な笑い声。

「も、もうっ……！」

私は恥ずかしさのあまり、彼の頭から腕を離した。

自分の胸を両腕で抱きしめるようにして、身を捩って逃げる。

「こら。隠すなって言ってるだろ」

久遠さんがそう言って、私を後ろから抱きしめた。

背中に彼の硬い胸が当たって、心地よい体温がじんわりと浸透してくる。

溶けていくような感覚が、とても気持ちよくて。

「あ、あん……」

後ろから胸をまさぐる大きな手に、抗えない。

好きに揉み回されるうちに、身体の芯が切なく疼き始める。

つい、モゾッと太腿《ふともも》を擦り合わせてしまったのを、呆気なく見透かされた。

「ほんとお前、感度いいな」

久遠さんは、わざわざ耳朶《じだ》に低く囁きかけ、右手を私の下腹部に滑らせる。

「ひゃ、んっ……！」

「いい声。この身体もその声も……遥。他の誰にも晒すなよ」

名前で呼ばれるのも、私にも呼ぶように言うのも、恋人同士みたいなのに……。

〝好き〟のひと言もないまま、彼が求めるのは、自分の中で〝最上級レベル〟の私の身体だ。

だから、こうしている時だけ名前で呼び合うなんて、なにか胸に引っかかって、すごくモヤモヤする。

だけど——。

この間、私の全身を探り尽くした久遠さんの指に、迷いはない。

「っ……」

いきなりイイところを攻め立て、

「遥……」

ほぐされながら、しっとりと名前を呼ばれると、ゾクゾクしてしまう。

そんな反応もお見通しなのか。

「遥。遥」

意地悪に、耳元で連呼する。

「あっ、あっ……！」

快感に抗えず、私が達したのを確認して、久遠さんはむくりと身体を起こした。

私は、無防備に身体を弛緩《しかん》させて、彼の動きを目で追う。

避妊具のパッケージを咥《くわ》え、片手で器用にベルトのバックルを外すのを見て、慌てて目を逸らした。

そして。

「……遥」

「っ、あ、あっ……！」

彼の熱い昂りが、私の中に一気に入ってくる。

一瞬にして最奥を突かれ、目の前にチカチカと星が飛んだ。

久遠さんも、なにかをこらえるようにブルッと頭を振ってから、情欲をけぶらせ、壮絶な色気を匂い立たせる目元を歪める。

「遥。お前は、俺のものだ」

鼓膜に直接刻まれるのは、意味不明な独占欲。

だけど、今こうして身体を繋げていると、本当に自分が彼のものになった気がして、胸がきゅんきゅん疼く。

私には、気持ちを探ってくるくせに、久遠さんは、私に〝好き〟とは言ってくれない。

求められるのが身体だけなら、恋人っぽくて、ときめいてしまうようなことを、したくないのに。

「あっ……。ゆう、優真、さ……」

私は、両腕を伸ばして、彼の体温を求めた。

しっかりと彼に抱きつき、さらりとした髪に指を通しながら――。

「優真、優真さんっ……！」

快楽に負けて、彼の名を譫言のように呼び続けた。

お盆の超ハイシーズンは越えたものの、まだまだ夏休みのオンシーズンが続く中。

早番の休憩に入った私は、異動して初めて、杏子と従業員食堂で出くわした。

お互い、トレーを手にお見合いして、それぞれのセレクトに目を落とす。

私はカツ丼、杏子はカツカレー。

ふたりして、ほとんど同時に吹き出した。

「私も遥も、夏バテとか無縁だよね〜。この時間に、これだけがっつり肉食ってられたら」

ケラケラと楽しそうに笑いながら、杏子が先に立って歩く。

早番の休憩時間は、だいたい午前十時から十一時の間で取ることが多い。

朝食という時間ではないけど、昼食には早いからこそ、私はいつもがっつりと、ボリュームのあるものを食べる。

「だって、このくらいじゃないと、夕飯まで体力もたないし」

「朝っぱらからトンカツもりもり食べて、色気もなにもないよね〜」

ふたり掛けの丸テーブルにトレーを置いた杏子の前に回って、私も「はは」と苦笑する。

彼女は椅子に腰を下ろしてから、思い出したように「あ」と言葉を挟んだ。

「私と遥を一緒にしちゃ悪いか。ちょっと。その後、どうなってるの？」

悪戯っぽく目を細めてから、グラスの水で喉を潤す。

「その後？」

私は、早速箸を手に取りながら、首を傾げた。

「ナイトプールの、風見さんっ」

軽く背を屈めてコソッと言われ、思わずゴクッと喉を鳴らしてしまう。

「ちょっ……杏子っ」

慌てて辺りに目を走らせた。

なにせ、風見さんと付き合ってるなんて噂されたのは、ここで話していたことが発端だ。

だけど、まだ早い時間の食堂は空いていて、私たちの会話が聞こえそうな席に人はいない。

とりあえずホッと胸を撫で下ろしてから……。

「プールも飲み会も、断ったから」

ひそひそと小声で返事をして、無駄に背筋を伸ばす。

「え～。もったいない！」

杏子は、なにやら悲壮に言って、眉尻を下げた。

「風見さんと付き合うって展開には、なってないの？」

「ちょっと。なんでそんな」

「だって、彼の方は絶対遥に気があると思うし」

「……ぶほっ」

　卵と玉ねぎとご飯を箸ですくい、豪快にひと口頬張っていた私は、彼女の言葉に噎せ込んだ。

　慌てて箸を置き、トントンと胸を叩きながら、グラスの水を飲む。

「相手、副操縦士だよ？　絶対将来有望だし。パイロットの妻になったら一生セレブ確定なんだから、いっそ遥の方からアプローチしていいくらいなのに」

　私が必死に噎せを抑える前で、杏子はスプーンを両手で持って祈るようなポーズを見せる。

　やや上を向いて、目をキラキラさせる彼女に、私は小さな息を吐いた。

「杏子にだってわかるでしょ。彼は誰にでもフレンドリーだし、ああいう誘いも、きっと私だけじゃない」

　気を取り直して、ふた口目は慎重に、トンカツにかぶりつく。

「まあ、確かに。ちょっと軽い印象ではあったけどさ」

　杏子も、それには何度か頷いて同意を示し、組み合わせた手を解いた。

「でも、遥がパイロットをゲットしてくれたら、私もその友達とか紹介してもらえるし」

「そんな簡単にいかないって」

「えー……」

モグモグと口を動かしながら答えると、彼女はわかりやすくがっかりして肩を落とす。

「そっかあ……でもまあ、そうよね」

溜め息をついて、ようやくスプーンを動かし始めるのを見て、私はきゅっと唇を噛んだ。

『だって、彼の方は絶対遥に気があると思うし』

たとえば、杏子が久遠さんを見たら、なんて言うだろうか。

彼女の目には、彼が私をどう思ってるように映るだろう？

私に好意があるように見えるかな。

それとも、彼の独占欲は私の身体限定で、気持ちはないと思うかな――。

「？　遥、どうしたの？」

「っ、え？」

不思議そうに名前を呼ばれて、私はハッと我に返った。

杏子は、もう三分の一ほど食事を進めている。

ついつい考え込んでしまい、私の手はすっかり止まっていたようだ。

彼女が、動かない私の箸を見て、瞬きしている。

「食べないの？　夕飯までもたないよ」

そう言われて、慌てて笑顔を繕った。

「ううん、食べる食べる！」

無駄に明るく声を張って、丼ぶりに箸をつけようとして、

「っ！」

私は、息をのんだ。

何気なく向けた目線の先に、久遠さんを見つけた。

軽くコーヒーブレイクなのか、紙コップだけ手にしている。

条件反射で、喉でひゅっと音を立てる私を、杏子が不思議そうに見遣った。

「遥？」

彼女が首を傾げる間に、久遠さんがこっちに近付いてきていた。

「酒匂。お疲れ様」

私たちのテーブルの横でわざわざ足を止め、丁寧に声をかけてくれる。

「お、お疲れ様です」

真正面から杏子の探る視線を受け、私は同じ言葉を返して目を伏せた。

久遠さんも、それだけ言って通り過ぎ、奥に進んでいく。

興味津々の目で、彼の背を追っていた杏子が、「うわあ、綺麗な人」と、感嘆の息を吐いた。

「すごい雰囲気ある……。超イケメン！　あれ、機長？」

シャツの肩口、四本ラインをしっかりと確認していて、身を屈めてコソッと訊ねてくる。

「うん。そう」

私は短く返して、味噌汁《みそしる》を啜った。

途端に、「いいなあ～」と声が返ってきた。

「やっぱ、ゲート案内、羨ましい。あんな、見た目も完璧な機長とも、顔見知りになれるんだ」

本気でボヤくのを耳に、私はテーブルの端っこに手を伸ばした。

久遠さんの、主に顔に目を奪われていた杏子は気付かなかったようだけど、今、彼がテーブルを通り過ぎていった時、さりげなく置いていったもの。

私はそっと膝の上に持っていき、目を伏せ、その紙切れを開く。

『今夜、来い』

わりと綺麗な文字で書かれた、素っ気ない〝誘い〟。

予想していたとはいえ、ドキッと胸が跳ねる。

思わず、彼の背中を振り返ると……。

「遥？」

杏子に見咎められ、慌てて前に向き直った。

「どうかした？」

そう問われて、勢いよく首を横に振る。

「ごめん。なんでもない」

取ってつけたような笑顔でごまかすと、彼女はそれほど気にした様子はなく、「そう？」と首を傾けた。

「う〜ん。機長であんなカッコいい人がいるなら、確かに風見さんよりそっちの方がいいか……」

打算的な目をして顎を撫でる彼女には苦笑だけ返し、私は膝の上で久遠さんのメモをぎゅっと握りしめた。

〝俺のもの〟と言われてから、一週間――。

久遠さんは東京に戻ってくる夜には、こうして私を誘う。

翌日が早番だった時は断ったこともあるけど、彼の表情は変わらない。

誘い方と同様に素っ気なく、『わかった』と言うだけ。

きっと、彼にとっては〝どっちでもいい〟んだ。

誘惑するくせに執着はなく、私はいつもジレンマに陥る。

なのに、断ったら私の方が切なくなりそうで、結局勤務上の理由がなければ断れない。

私を〝俺のもの〟と、勝手に独占したのは彼なのに、多分私の方が、求められることを喜んでいる……。

「……あの、さ。杏子」

目を伏せたまま、ためらいがちに呼びかける。

「ん？」と聞き返されて、思い切って顔を上げた。

「今の人……」

『私に、気があるように見えた？』――。

そう聞こうとして、口に出さずにのみ込む。

「遥？　なに、気になるじゃない」

言いかけて途中でやめる私に、杏子は怪訝《けげん》そうな顔をした。

「ごめん。でも、大したことじゃないから」

ぎこちなく笑って、私は食事を再開した。


その夜――。

一度身体を繋げた後、私は脱力して乱れた呼吸で胸を弾ませて、隣にそっと顔を向けた。

久遠さんが、仰向けの状態で目を閉じている。

私と同じように、上がった息を静かに整えている彼に、私は覆いかぶさった。

じっとりと汗ばんだ肌を重ね、引き締まった胸に両手と頬をのせる。

「……遥」

彼はわずかに睫毛を震わせただけで、ほとんど無意識といった感じで、私の頭に腕を回す。

私は彼の胸に頬を擦りつけて、そこから上目遣いに見つめた。

昼間から抱えているモヤモヤをぶつけるチャンスのような気がして、ゴクッと唾を飲む。

「あの……久遠さん」

思い切って呼びかけると、

「お前、なかなか定着しないな」

私の声を拾った久遠さんに、先回りされてしまった。

「え？」

なにを言われたのかわからず、戸惑いながら聞き返す。

彼は目を開け、顎を引いて私を見下ろし、「呼び方」と返事をしてくれた。

「俺に抱かれてる時も、なかなか俺を名前で呼ばない」

「……あ」

鋭く指摘されて、思わず目を泳がせた。

「よ、呼び方変える余裕、いつもなくて」

取ってつけたように言い訳したものの、なにも言ってくれないから、納得していないのがよくわかる。

「久遠さんは、やっぱり余裕ですね。私の呼び方、気にしてられるなんて……」

「余裕じゃねえよ」

「え？」

ボソッと声を挟まれて、無意識に目を合わせてしまった。

だけど彼は、私をジッと見つめてから、目を伏せて「ふうっ」と息をつく。

「抱いてる時だけじゃ、馴染まないか。だったらいっそ空港でも……」

「えっ⁉」

私はギョッとして、ベッドに手をついて上体を起こした。

「……誰かに聞かれたら、風見の次は俺と付き合ってるとか噂されるかもな」

彼は私の反応を読んでいて、ふっと意地悪に口角を上げる。

「異動してきて間もないし、仕事も不慣れなくせに、パイロットをとっかえひっかえしてるとでも言われたら、困るか？」

久遠さんにとっては他人事《ひとごと》だからか、楽し気な口調。

私は、ムッと頬を膨らませた。

「当たり前です。そうじゃなくても、私がわざとミスして、久遠さんの気を引こうとしてるなんて言ってたCAさんもいたくらいで……」

「へえ。そうだったのか？」

つい余計なことを口走ってしまったのを、彼はしっかりと拾って攻めてくる。

　私は、思わず口ごもってから……。

「そ、そんなわけないじゃないですか！」

「だよな。空や飛行機が好きというだけで、パワーにできるお前が、わざとミスして俺の気を引こうなんて、そもそもあり得ない」

「っ……」

　思いの外あっさりと言い切られて、私は言葉をのみ込んだ。

「……お前が風見と付き合ってるって噂。風見は自分で吹聴していたわけじゃない。今も、肯定はしないものの、わざわざ否定して誤解を解こうともしない。だから、お前がヤツの彼女だって思い込んでるＣＡは、相変わらず多い」

　久遠さんはそう言いながら、静かに目を閉じた。

「そこに俺が出てきちゃ、とっかえひっかえどころか、二股なんて言われかねないか、お前」

「っ！　しゃ、シャレにならないです、そんなの！」

　私が悲壮な声で抗議すると、彼はクスッと笑った。

「笑ってないで、言われる私の身にもなって……」

「お前こそ。俺の身になってみろよ」

「え？」

低い声で短く遮られて、私は言葉をつっかえさせながら聞き返した。

久遠さんは、やっぱり固く目を瞑ったまま、きゅっと唇を結んでしまったけれど。

「……いい。疲れて眠くて朦朧《もうろう》としてる。寝言だと思え」

「寝言って……」

さすがにごまかされた気がして、腑に落ちない。

「だったら、私を呼ばずに、ゆっくり休めばよかったじゃないですか……」

ふてくされた気分で、唇を尖らせる。

久遠さんは、無言でいたけれど。

「……さっさと、馴染ませるしかなさそうか」

「え？　ひゃんっ……！」

しっかりと目を開いた彼に、いきなり両方の胸をムニッと掴まれて、私はたまらず声をあげた。

「ちょっ、久遠さん！　やだっ、あんっ……！」

背筋がゾクゾクして、ベッドについた腕からガクッと力が抜け落ちる。

自分の身体を支え切れず、彼の上に倒れ込んでしまった。

すぐに、久遠さんが私の背に腕を回してくる。

彼の大きな手が背中を撫でた後、ツーッと腰に下りていく。

「っ、え。久遠さんっ」

触れ方と手の動きに、確かな意図を感じる。

焦って肩越しに振り返ると、彼は遠慮なく私のお尻を掴んでいた。

「あっ……！」

思わず、喉を仰け反らせて声をあげた。

私を下から見上げていた彼が、満足気にほくそ笑む。

「ほら、呼べ。俺の名前」

上から目線で不遜な言い様に、私はブルッと身体を震わせた。

「ね、寝言言うほど、疲れて眠いんでしょう？　だったら、もう今夜は……」

先ほどの彼の言葉を言い訳にして、再び昇ってくる快楽への期待を、必死に振り切ろうとする。

なのに。

「空港で、無意識に俺を名前で呼ぶほど、馴染ませるのが先決だ」

どこまでも謎なひと言を呟き、一度目よりも執拗なくらいの愛撫を始める。

「んっ……あ、久遠さ……」

そう口にした途端、ピクリと眉尻を上げた彼に、唇を塞がれる。

「っ！　んっ……」

すぐに追い詰められ、舌を搦めとられる。

身体の全神経を快感に支配されたら、私は乞われるがまま、彼の名を口にするしかない。

「あ、んっ……ゆう、優真さ……」

そのたびに、私の胸は小さく疼いて痛みを増す。

抱き合いながら、名前で呼び合うなんて、本当の恋人同士みたいだ。

私にそれを求めながら、久遠さんは私に好きとは言わない。

彼が求めるのは私の身体だけ。

恋人じゃないのに、もう何度もこうして肌を重ねて、繋がっている。

――これって、セフレ？

私は、久遠さんにとって、ただの都合のいい女でしかないんだろうか。

早番での勤務を終え、着替えを済ませた後、私はひとり、展望デッキに出た。

八月も、もう最終週を迎えている。

旅行のハイシーズンを越えたこの時期でも、飛行機は分刻みで離着陸している。

私は相変わらず、久遠さんとの関係にモヤモヤしたまま。

だけど、飛行機を見ていると胸が弾む。

飛び立っていく飛行機を見送るのはワクワクするし、戻ってくるのを見守ると、心が穏やかになる。

こういう気持ちを、久遠さんとも共有できたらいいな、と思う。

でも、それは、簡単には叶《かな》わない望みだ。

何十年も前のことだけど、彼は今の私と同じように、展望デッキから滑走路を眺めていて、ご両親が乗った機体が事故に遭うのを目の当たりにしたのだ。

今、彼が飛行機を操縦することを仕事にしているからといって、恐怖やトラウマを完全に乗り切ったわけじゃないのも、痛いくらい身に沁みてわかる。

だけど――。

私は、カシャンと音を立ててフェンスを握りしめた。

空や飛行機が好きという気持ちが、私のパワーになるなら。

――久遠さんも、日常の中で、なにかパワーを見つけられないかな。

好きなものの近くにいる。

生活の一部にある。

普段から身の回りにあるもの、なんだって、彼の心次第で力の源に変わる。

それが、私だったらいい、と思う。

……なあんて。

ただの都合のいい女でしかない私が、なにを図に乗ってるんだか。

卑屈な気分になって、深い息を吐く。

でも私は、今夜も誘いのメモをもらっている――。

「何度も誘ってくるんだし、少しは期待しても……」

無意識に、心の声が口を突いて出た、その時。

「遥ちゃん」

後ろから足音が近付いてきて、弾かれたように振り返った。

そこに、ラフな私服姿の風見さんを見つけて、心臓が跳ね上がる。

「か、風見さ……！」

「お疲れ様。なんか久しぶり」

今の独り言、聞かれてないよね……？

バクバクと早鐘のように鳴る胸に手を当て、変な汗を滲ませながら、こちらに歩いてくる彼を見守った。

「今日、早番だったよね。帰らないの？」

風見さんが、私の隣で立ち止まる。

「は、はい。ちょっと時間を潰そうと思って……」

彼を見上げながらぎこちなく笑いかけ、『風見さんは？』と続けようとすると。

「また今日も、久遠さんと待ち合わせ？」

「えっ……」

予期せぬ質問にギクッとして、一瞬頬が引きつったものの、すぐに言わんとすることに合点する。

「あ～……そういえば、この間ここで会いましたね」

久遠さんに借りた服を返そうと、ここで会った時、風見さんとも鉢合わせたのを思い出した。

「今日は、本当にただの時間潰しです」

私がそう答えると、彼は何度か頷いて、納得を示してくれた。

そのまま、ふいっと滑走路の方に顔を向ける。

その横顔が、なにか浮かないというか、ちょっと強張っているようにも見える。

それだけじゃない。

普段は、明るく話題を広げて会話を盛り上げてくれる人なのに、なんだかいつもと様子が違う。

笑ってくれない風見さんに怯んで、私は彼から目線を外した。

無言でいられると、居心地悪い——。

「ええと……あのっ」

話題を探しながら切り出したものの、黙ったまま伏し目がちに横目を向けられて、グッと詰まる。

「……私、そろそろ行きますね」

結局、笑みを引っ込めて、逃げに走った。

けれど。

「今日もって言ったのは、遥ちゃんが言うのとは、違う時のことでね」

「え？」

私は、フェンスから離れかけたところで、聞き返した。

「その後、もう一回見たんだ。……遥ちゃん、第三ターミナルで、久遠さんと会ってたろ」

「第三ターミナルって……。っ！」

いつのことかと記憶を手繰ろうとして、すぐに思い当たって息をのんだ。

思い出すまでもない。

私がとんでもないミスをして、久遠さんに迷惑をかけたあの夜のこと。

あの時、風見さんに見られていた……？

そこに行き着いた途端、心臓が嫌な音を立てて拍動した。

「あ、あの。ええと……」

なにをどこまで見られていたのかはわからないけど、ごまかさないと。

一気に湧き上がる焦燥感で、喉がカラカラに渇くのを感じながら、私はなんとか声を絞り出した。

「あの時は、とんでもないミスした後で、私がすごく落ち込んでたので。久遠さんが、慰めてくれて……」

「本当に？　久遠さん、仕事のミスで落ち込む人を、慰めたりするかな」

どこか刺々しいツッコミに、私もさすがに言い淀む。

確かに、そういう人ではない。

仕事には、厳しい人だ。慰めるより、注意をした後、自力で立ち直るのを見守る方が、彼らしい。

「それに」と、風見さんが続ける。

「慰めるだけで、キスなんかする？……あんな濃厚に」

「っ……！」

素っ気なく舌打ちされて、私は一瞬息を止めた。

「久遠さん……遥ちゃんに何度もキスして、抱きしめた」

「あ、あの」

見上げる横顔が、だんだん険しく歪んでいく。

「それでその後……ふたりでそこのホテルに入っていった。……俺、そこまで見てたんだ」

私に目を向けないまま言い切って、「ふう」と唇をすぼめて息をつく。

言い逃れできないところまで知られている。

ドッドッと、心臓が激しい音を立てるのを感じて、私は胸に手を当てた。

風見さんが、滑走路から目を離して、私の上で留める。

「っていうか、どうして。だって遥ちゃん、久遠さんのこと苦手だっただろ。久遠さんだって……遥ちゃんのこと、好きでもなんでもないはずなのに」

「っ、あのっ」

額に手を遣って、なにか苦悶するように絞り出す彼に、私は慌てて言葉を挟んだ。

だけど、私が続けるより速く——。

「まさか久遠さん、遥ちゃんに無理矢理……」

「っ、違います‼」

風見さんが極端な方向に思考を傾けるのを、声を張って制した。

彼も、なんとか口を噤んでくれる。

それを見て、私は肩を動かして息を吐いた。

「すみません。大声出して」

早口で謝罪して、頭を下げる。

顔を上げると、風見さんは苦く悲痛な顔をして、私を見下ろしていた。

「久遠さんが私のことをどう思ってるかはわからないし、付き合ってるわけでもないんです」

私は、感情を抑えて、淡々と説明した。

「久遠さんの気持ちはわからないって……」

「でも、私は好きなんです。久遠さんのこと」

一瞬険しい顔をして言い募ろうとした彼を遮った。

はっきりと自分の想いを口にして、妙な晴れ晴れしさを覚える。

「……はは」

風見さんに向かって、久遠さんへの正直な心を吐き出した自分に、思わず苦笑を漏らす。

「遥ちゃん？」

「ごめんなさい。いきなり笑ったりして」

戸惑った様子の風見さんにそう謝って、「はーっ」とお腹の底から息を吐いた。

「私……ちゃんと言葉にしてくれない久遠さんのこと、ズルいズルいって思ってたんです」

そう言いながら、フェンス越しに滑走路を見遣った。

ちょうど、他社の飛行機が離陸態勢に入ったところだった。

つい目を奪われて、フェンスに近付く私に、

「ズルいだろ。久遠さん」

風見さんが、ボソッと呟く。

「俺と違って、うまく押して引いて……」

私の目線の少し上で、彼がフェンスをぎゅっと掴む。

「好きだってひと言も言わずに、遥ちゃんを自分のものにしちゃうなんて……」

「ズルいのは、私の方でした」

「え？」

風見さんが、困惑したような目で見下ろしてくるのがわかる。

私は、加速度を上げていく機体を、ジッと見つめたまま——。

「久遠さんの気持ちが知りたいって思うだけで、私の方こそ、ちゃんと伝えてなかった。……きっと、久遠さん、待っててくれてるのに」

滑走路を過ぎていく機体。

そのコックピットで今どんな会話が交わされているか、入ったこともないのに、鮮明に想像できる。

「V1……VR」

久遠さんが教えてくれた状況を脳裏に浮かべて口ずさむと、機首が上向いた。

スーッと、まるで空に導かれるようにして、飛び立っていく。

風見さんは額に手をかざして、高度を上げていく飛行機を眺め、

「……Gear up」

私に呼応するように、ポツリと口にした。

そのまま、機体が雲間を突っ切り、見えなくなるまでふたりで見送った。

「……ひと仕事、終えた気分だ」

私は、ボヤくように言う彼を見上げた。

風見さんも私に目を落とし、ぎこちなく笑ってくれる。

「今の……遥ちゃんに教えたの、久遠さん？」

「はい」

私は、顔を綻ばせて頷いた。

「すごく……すごく、ワクワクしました。久遠さんが操縦する横に、私がいるみたいな気分になって」

「俺だって、いくらでも教えてあげられるのに。……もし俺が、久遠さんより先に、遥ちゃんをワクワクさせられてたら……久遠さんじゃなくて、俺のこと好きになってくれたかな」

「え？」

短く聞き返した私から、風見さんはふっと目を逸らす。

「俺……遥ちゃんのこと、好きだよ」

彼にしては静かすぎる告白に、私は無意識にコクッと喉を鳴らした。

とっさになにも反応できなかったからか、風見さんは顔を伏せたまま、私に横目を向けてくる。

「……知ってた？」

そう問われて、思わず目線を泳がせる。

「……最近、人から言われて、なんとなく……」

彼が、はは、と乾いた笑い声を漏らした。

「それって、仙道さん？」

「……久遠さんからも」

「……はっ」

私がためらいながら付け加えると、浅い息を吐く。

「やっぱりズルいよ、久遠さんは」

言葉とは裏腹に、なにかすっきりした表情の彼を前に、私はきゅっと唇を結んだ。

そして。

「あの……ごめんなさい。ありがとうございます」

ちょっと改まって、しっかりと彼に向き直った。

風見さんは虚を衝かれた様子で、パチパチと瞬きを返したけれど。

「お礼は、まだ早いんじゃないかな」

「え？」

「だって俺、久遠さんが遥ちゃんに応えなかった場合は、掻《か》っ攫《さら》ってやろうって思ってるし」

「！」

バチッと悪戯っぽいウィンクをされて、私はつい口ごもった。

私の反応をおもしろそうに笑う風見さんは、私がよく知る気さくな副操縦士で、無意識にホッとする。

「もう……やっぱり、ありがとうございます」

クスクス笑いながら、お礼を重ねる。

風見さんは目を細めて私に頷いてから、ふっと空に顔を向けた。

そして、「あれ？」と訝し気に首を傾ける。

「？　風見さん？」

眉根を寄せる横顔に、語尾を上げて呼びかけた。

彼は、「いや……」と、一度自らの反応を打ち消したものの、その表情は不可解そうだ。

「……?」

私は、彼の気を引くものを探して、その視線の方向に目を動かした。

私の目には、なにも不審なものは見つからないけれど。

「飛行機が、旋回《せんかい》してるんだ」

風見さんが、やや硬い声で教えてくれた。

「え? 旋回?」

私は聞き返しながら、雲の多い空に目を凝らす。

滑走路を見下ろした彼が、ハッと息をのむ気配につられて、私も目線を下げる。

普段、そこに見ることのない、救急車や消防車が待機しているのを見つけた。

「っ……!?」

さすがに、異常事態だと察して、大きく目を瞠る。

「なにか起きてる。遥ちゃん、行こう!」

弾かれたように走り出す風見さんを、

「っ、はいっ……!」

私も、慌てて追いかけた。

私は風見さんと、到着ロビーに戻った。

ロビーを行き交う旅客の空気は、いつもと特段変わらない。

滑走路の異常事態には気付いていないようで、とても穏やかだ。

「あの……風見さん？」

ここまで走り通しで、上がった息を整えようと、私は胸に手を当てた。

「あ」

立ち止まって左右を見渡していた彼が、なにかに目を留めて駆け出していく。

「あ、風見さんっ！」

私も急いでその後を追った。

彼が向かったのは、救急車や消防車が待機していた滑走路に面したゲートだ。

並びのゲートがすべてクローズされているため、付近に旅客はほとんどいない。

ガランとしたゲートの奥に、人目を避けるように佇む副操縦士を見つけた。

「水無瀬さん！」

風見さんが鋭い声で呼びかけると、水無瀬さんがハッとしたように振り返る。

彼の厳しい表情に、私は一瞬怯んで足を止めた。

「お疲れ、風見。……あれ。酒匂さん？」

勤務上がりで私服の私が、水無瀬さんは一目では誰だかわからなかったようだ。

「水無瀬さん。こっち側、全部ゲートクローズって、滑走路でなにが……」

風見さんが意気込んで問いかけるのを、彼は長い人差し指を立てて、「しっ」と制する。

「旅客が気付くとパニックになるから、普通にしてて」

それを聞いて、私は緊張を強めた。

無意識に背筋を伸ばし、ふたりが窓の外を眺めながら交わす会話に耳を澄ます。

「さっき離陸した、久遠さんが乗ってる大阪《おおさか》行き。機体トラブルがあって、羽田に引き返すことになった」

「えっ⁉」

風見さんより先に、私が裏返った声をあげてしまった。

途端に、ふたりに揃って眉をひそめられ、慌てて両手で口を押さえる。

「そうだったんですか。でも、なんで、滑走路の閉鎖を……」

風見さんが、思案顔をする。

水無瀬さんが、唇を結んで頷いた。

「バードストライク。運悪くエンジン部分に吸い込んでしまって、前輪機構が損傷した。障害を受けて、右のエンジンも停止してる」

「っ……！」

声が漏れそうになって、私は両手に力を込めた。

音を立てないように声をのみ下す隣で、風見さんも緊迫した顔をする。

「前輪が下りない……？　それじゃ、タッチアンドゴーを？　あ、だからこの滑走路を……」

彼は滑走路閉鎖の理由に納得した様子だけど、私は瞬時に現状を把握できない。

そろそろと口から手を離し、

「あの……？」

遠慮がちに、ふたりに交互の視線を向けた。

水無瀬さんが、「ああ」と応じてくれる。

「一度着地して、すぐ離陸するという飛行方法。後輪だけ着地させて、その衝撃で前輪を振り下ろすのが狙い。通常は、この方法を何度か試みるんだけど……」

語尾を濁すところを見ると、通常とは違うことが起きようとしているのだろう。

私が察したのを見透かしたのか、水無瀬さんは硬い表情で窓の外の空を見上げた。

「搭乗客の中に妊婦が複数人いる。季節柄、家族連れ……子供も多くて。不安定な飛行を続けては、機内の不安の増長に繋がる。久遠さんは、一か八かの前輪駆動を試みるより、一発で胴体着陸する決断をして、管制も許可した」

「ど、胴体着陸……⁉」

私は飛行機好きなだけで、機体構造や飛行手段には明るくない。

でも、胴体着陸という言葉は、一般レベルでリアルに想像できて恐ろしい。

思わずゾクッと身を震わせた私に、水無瀬さんが「大丈夫だよ」と眉尻を下げた。

「胴体着陸は、確かに緊急着陸手段だけど、俺たちパイロットは訓練を受けている。久遠さんは、特に技術の高い機長だから。自信があるからこその決断だ。絶対、安全に着陸させてくれるよ」

「そうか……一発で決めるつもりでいるから、あんなに長く旋回して、燃料消費してるのか」

風見さんは、久遠さんの強気な決断に呆然としながらも、感嘆の息を漏らす。

「この滑走路、羽田で一番長いから。後輪走行でも、ギリギリ減速し切れるって計算だろう。……さすが久遠さん。俺、コーパイ席に就きたかったな」

「えっ……。水無瀬さん、チャレンジャーですね。……俺だったら、緊張して吐きそうです」

目をキラキラさせる水無瀬さんに対して、副操縦士としてまだ経験の浅い風見さんは、やや及び腰。

それでも、ふたりの副操縦士に共通しているのは、久遠さんを信じているということだ。

私も、少し前までなら、絶対大丈夫と信じて見守れたと思う。

だけど――。

「でも、久遠さんは……」

私自身は見たことがないはずのビジョンが脳裏をよぎり、無意識に口を挟んでいた。

ふたりが、「え？」と私に視線を落としてくる。

「幼い頃、ご両親を飛行機事故で……」

自分の耳にもはっきり届かないほどの小さな声で、譫言みたいな調子で言って、滑走路に目を凝らした。

なぜか今、私の目の前に、幼い頃に久遠さんが見たであろう光景が広がる。

離陸に失敗して、滑走路で大破、炎上した飛行機――。

なんて想像を。縁起でもない。

私は恐怖と不安を吹っ切ろうと、固く目を閉じて激しくかぶりを振った。

と、その時。

「来るぞ」

水無瀬さんが、短い声に緊張を走らせる。

私もハッと息をのみ、窓越しの広い空に目を凝らした。

大きなジャンボ機が雲を突っ切って、悠然と姿を現した。

遠目には、なんの異変も感じられない。

でも、滑走路に接近するその機体から、前輪が出ていないと思うと、戦慄する。

「……Fifty」

風見さんが、瞬きすら忘れた顔で、ボソッと高度をコールした。

「Landing」

水無瀬さんも滑走路から一瞬も目を逸らさずに、無意識といった様子で呼応するけど。

「……俺だったら言えねえ……」

着陸の瞬間を見守って、副操縦士ふたりがそんなやり取りをする中、ジャンボ機の後輪が滑走路についた。

普通なら、すぐに前輪をついて減速する飛行機が、今は機首を上げたまま、後輪だけで滑っていく。

このままでは速度が落ち切らず、オーバーランしてしまう――！

「あっ……‼」

震えるくらい、力いっぱい握った拳を窓についた。

私が窓に張りつくのと同時に、ゆっくり機首が下がる。

機首部分が滑走路に接触し、聞いたことのない轟音《ごうおん》が響いた。

激しい摩擦で、大きな火花が散っている。

この事態に気付いた旅客がいるらしく、どこかのゲートから、「きゃあっ！」と甲《かん》高《だか》い悲鳴が聞こえた。

到着ロビーがざわざわとして、騒然となる。

滑走路には、白い煙と砂埃《すなぼこり》が、もうもうと立ち込めていた。

その靄《もや》の中に機体を探して、私は必死に目を凝らす。

ジャンボ機は、滑走路のかなり先端で、停止していた。

周りには、すでに多くの消防車が待機している。

通常より前のめりで、機首を地面に擦っているものの、機体から出火している気配はなく、盛大に放水する様子もない。

「……すげえ……」

胴体着陸の一部始終を見守って、風見さんが放心した顔で呟く。

水無瀬さんも、ゴクッと唾を飲んで呼応する。

一瞬前に悲鳴があがったゲートから、パンパンと疎《まば》らな拍手が湧いた。

それが、数珠《じゅず》を繋ぐように伝播《でんぱ》して──。

気付いたら、到着ロビーが揺れるほど、割れんばかりの拍手と歓声が轟《とどろ》いていた。

好きな気持ちを原動力にして

飛行機から降りた乗客を乗せた何台ものバスが、次々とターミナルに到着した。ゲートの一階でバスを降り、エスカレーターで二階の到着ロビーに入ってきた乗客を、グランドスタッフだけでなく、他機のクルーたちも総出で迎える。

水無瀬さんも、そちらの対応に向かっていった。

胴体着陸は大成功だったけど、五百人近い乗客の中には、具合を悪くした人が数人いたようだ。スタッフに付き添われて、医務室に急いでいく。

でも、久遠さんが特に気にした妊婦さんは、皆元気だった。そして、子供たちも……むしろ興奮気味で、それぞれ家族と一緒に、対応するスタッフにお礼を言って、ゲートを後にしていった。

空港で働いている私でも、就職以来今まで、羽田空港で胴体着陸なんて聞いたこともない。

滅多にない、いや、稀に見る〝大事故〟に遭った後なのに、ほとんどの乗客は、恐怖に震える様子がない。

よかった──。

私も、ホッと胸を撫で下ろした。

「……さすがだよなあ、久遠さん」

私の隣で乗客を見送っていた風見さんが、深い息を吐いた。

「誰も、怖かったって顔してない。一発で胴体着陸なんて無謀だと思ったけど、夏休みのオンシーズンで、飛行機は満席。タッチアンドゴーを繰り返してたら、機内はすごいパニックになって、乗客はあんな顔で戻ってこられなかっただろうな」

それには私も、大きく頷いた。

「それと、空港もです。いつもより混雑してるし、長引けば異変に気付く人も多くなって、きっと、収拾がつかなくなってました」

その様を想像して、ゾクッとする。

久遠さんは、飛行機を安全に着陸させて、乗客乗員を無事地上に帰しただけじゃなく、空港の秩序も守ってくれたんだ──。

それを実感すると同時に、胸に熱いものが込み上げてくる。

ターミナルには、乗客に続いてCAも戻り始めていた。

皆、真剣な面持ちで、足早に通り過ぎていく。

きっと彼女たちにとっても、初めての事態だったと思う。

怖かっただろうか。

それとも、機長が久遠さんだったから、信じていられただろうか。

姿勢よく、キビキビとした後ろ姿を見送って、私は彼女たちの心に思いを馳せる。

と、その時、

「遥ちゃん。帰ってきたよ」

風見さんがコソッと教えてくれて、弾かれたように振り返った。

彼が言う通り、乗客乗員の一番最後に、久遠さんが副操縦士と一緒にターミナルに入ってくるのが、ガラス越しの眼下に望めた。

そこに、お堅いスーツ姿の男性数人が、待ち構えていた。

久遠さんたちは足を止めて、なにか言葉を交わしている。

私がその様子を気にしているのを察したのか、風見さんが「本社の事故対策委員だよ」と教えてくれる。

「久遠さんに非はないけど、航空事故として、国交省による事故調査チームが入る。ふたりとも、これから聴取を受けることになると思う」

その前に、まず社内で聞き取りを、ということだろうか。

こういう事態は初めてなのか、副操縦士はやや硬い表情だけど、久遠さんはいつもと特段変わらない。

あんなすごいことをやってのけた後なのに、ほとんど感情を表すことなく、落ち着き払っている。

そんな彼を見ているだけで、私の心臓は騒ぎ始める。

神がかり的な飛行技術を見せつけたといえ、彼は決して神様じゃない。

いや、多分、あの中の誰も遭遇したことのない〝飛行機事故〟を、まだほんの幼い頃に経験している、むしろ一番現実味のある存在だ。

この胴体着陸を決断した時、彼の胸に、両親を亡くした事故がよぎらなかったわけがない。

怖かったはずだ。

無事着陸できて、一番ホッとしているのは彼だから、すぐに駆け寄って、『お疲れ様、お帰りなさい』と労いたい。

なのに、それが許されないなんて――。

今、ここにいても、なにもできないのが歯がゆくて、私は唇を噛んで彼を見つめた。

ふたりのパイロットが、スーツの男性たちに囲まれるようにして、エスカレーターを上ってくる。

自動ドアが開いて、久遠さんが到着ロビーに入ってくると、

「久遠さん！」

風見さんが、声をかけた。

呼ばれた本人だけでなく、囲んでいた全員が足を止める。

久遠さんはゆっくりこちらに顔を向けて、風見さんの隣にいる私にも気付いた。

ハッとした表情を見せたものの、一瞬で隠してしまう。

「すみません。すぐに追いかけます」

副操縦士や男性たちにそう断って、私たちの方に歩いてきてくれた。

「あ……」

視界で徐々に大きくなる彼の凛々しい姿に、激しく心拍が加速する。

労いの言葉は胸に詰まり、口を開いても出てきてくれない。

黙ったままの私の前まで来て、彼はピタリと足を止めた。

「お疲れ様です、久遠さん。見事な着陸でした。……お帰りなさい」

早速風見さんが、私が伝えたかったことを、そのまま代弁してくれた。

彼の頬は紅潮していて、声は強く弾んでいる。

だけど、久遠さんは相変わらず冷静だ。

「ありがとう」

素っ気ないくらい普通の調子で答えて、ちらりと私に目を遣る。

「……お前も見てたのか」

私は、何度も首を縦に振って応えた。

「あ、あの。久遠さん、私……」

「久遠さん、すごかったです！」

展望デッキでは、彼をズルいと言った風見さんが、まだ興奮冷めやらぬ顔で、私を遮った。

「減速し切れるギリギリまで後輪走行を続けて、衝撃の大きい胴体走行を最小限に抑える。しかも、一本足の鶴みたいな、絶妙なバランス感で、まったく左右に傾かないとか！　久遠さんにしかできない曲芸です」

「俺じゃなくてもできるし、そもそも曲芸じゃない」

久遠さんは、頭痛を抑えるように額に手を遣って、やや渋い顔をした。

風見さんは、へへっとはにかんでから、私を見下ろす。

「今のは、胸いっぱいでなにも言えない遥ちゃんの代わりに、伝えたまでのことです」

「っ、え？」

突然そう言われて、私は忙しなく瞬きを繰り返した。

久遠さんも、彼がなにを意図したのか計りかねるように、眉根を寄せる。

不審気な視線に、風見さんは悪戯っぽく瞳を動かして……。

「遥ちゃん、ずっと祈るみたいな顔して、飛行機の着陸見守ってたんですよ。久遠さんは功労者だけど、彼女の心を労わってください」

目を細め、ふふっと声を漏らすと、私と久遠さんから一歩大きく飛び退いた。

そして。

「じゃ！　俺、そろそろ行きます。久遠さん、遥ちゃんをよろしくお願いします！」

おどけた調子で言って、最後はビシッと敬礼して、くるりと背を向ける。

そのまま、跳ねるように駆けていく彼を、私は唖然《あぜん》として見送った。

「……なぜ、俺が風見に、お前をよろしくされなきゃならない」

久遠さんの、不満気な声が降ってくる。

多分、先ほど展望デッキで話していたことを受けて、風見さんには〝はなむけ〟的な意図があったのだろう。

「あ、あのっ！　久遠さんっ」

慌てて、彼を振り仰いだ。

けれど。

「怖かったか？」

「っ、え？」

先手を打って訊ねられ、口ごもってしまう。

「怖がらせて、悪かったな。……やっぱり、俺は飛行機は嫌いだ」

ポツリと呟き、目を逸らしてしまう彼に、胸がきゅうっと締めつけられた。

「で、でも」

喉に引っかかるのを感じながら、伝えなきゃ、という気持ちが急いて、必死に声を出す。

「久遠さん、二百パーセントの力で、あの飛行機を着陸させたんでしょう？」

たどたどしく問いかける私を、久遠さんが再び見つめてくれた。

「風見さんの言う通り、本当にカッコよかった。やっぱり久遠さんは、立派な機長です」

なんとか言い切って微笑みかけると、彼の喉仏が小さく上下した。

久遠さんは目を伏せ、逡巡するような間を置いてから、

「……立派なもんか」

ふっと目元に憂いを漂わせ、どこか自嘲気味に呟く。

「万が一、お前が見ていたら……飛行機も空港も好きなお前に、怖い思いをさせるだろう。それだけじゃない、俺のことで、余計な心配をするかもしれない、と。……両親の事故のことなんか、話すんじゃなかったと、後悔していた」

「久遠さん……？」

「着陸を成功させたのが、俺が二百パーセントの力を出せたからなら、お前のおかげだ。お前が泣かないように。お前を安心させるためには、ほんの少しでも、不安を招く飛行はできないと思ったからだ」

あの大変な飛行の最中、私のことを……？

私の胸がきゅんと疼き、とくんと淡い音を鳴らした。

いやがうえにも高鳴る胸を手で押さえて、ゴクッと唾を飲む。

久遠さんは、そんな私に気付かず、先に行った一団を気にして、左手首の腕時計に目を落とした。

「酒匂。誘っておいて悪いけど、今夜はキャンセルだ」

「……え？」

私は、無意識に聞き返し、彼に目を留めた。

「これから、事故調の聴取に入る。何時までかかるかわからない」

「あ……」

キャンセルは当然だけど、私はがっかりと肩を落としてしまう。

久遠さんは「それじゃ」と会話を切り上げ、一歩前に踏み出そうした。

だけど。

「ま、待って」

私は、彼の背中で、シャツを掴んで止めた。

「どんなに遅くなってもいいです。待ってちゃダメですか」

「え？」と、久遠さんが肩越しに見下ろしてくる。

私は、シャツを握る手に、ぎゅっと力を込めた。

「久遠さんの意思には反してしまうけど、すごくすごく心配でした」

「…………」

「子供の頃のこと、思い出さないわけがない。そんな中で、一番恐怖と闘ってるのは
久遠さんだって」

溢れる想いで胸をいっぱいにして、私はなりふり構わずに言い募った。

「なのに、強い久遠さんがカッコよすぎて……！　今、大好きって言って、抱きつきたいのを、死に物狂いで抑えてるんです！」

感情を迸《ほとばし》らせる私に、彼が頭上で小さく息をのむ。

「何時までても、待ってます。だから……」

「……お前な」

久遠さんが、大きな手で顔を隠し、「はーっ」と深い息を吐いた。

「どさくさに紛れて、さらっと言うんじゃねえ。……バカ」

顔から離した手で、私の額をコツンと小突く。

彼の頬が、ちょっぴり赤く染まっているのを見つけて、私の胸がドキッと跳ねた。

「あ、の……？」

「……あー、くそっ」

久遠さんはやや乱暴に言い捨て、ザッと前髪をかき上げる。

乱れた髪を生え際でぎゅっと握りしめ、その手の向こうからジッと私を見据えた。

力のこもった瞳に射貫かれ、私の心臓が沸き立った、次の瞬間。

彼が、いきなり私の頭に腕を回して、抱え込んだ。

「えっ……？」

その行動は予想外で、バランスを崩した私は、彼の鎖骨のあたりに、トンと額をぶつけた。

久遠さんは、サッと身を屈めて――。

「家で、待ってろ」

それだけ耳打ちすると、すぐに私を解放した。

そして、スラックスのポケットから出したカードキーを、右手にのせてくれる。

「え。あ……」

猛烈に胸を高鳴らせる私に、彼は今度こそしっかりと背を向けた。

振り返ることなく、姿勢よく颯爽と去っていく広い背中が見えなくなるまで、私はその場に佇んで見送った。


その夜、午後十一時を過ぎて、久遠さんが帰ってきた。

エントランスからインターホンを鳴らすと思い、聴覚を研ぎ澄まして待っていた私は、

「え、久遠さん……?」

玄関の鍵が開く音に驚き、弾かれたように玄関先まで走っていった。

「ただいま。遅くなった」

あの後、本社の対策委員の聴取を受けた久遠さんは、さすがに疲れた顔をしていたものの、飄々として言った。

靴を脱いで廊下に上がると、私の横を通り過ぎてリビングに向かう。

「お疲れ様です。あの、久遠さん。鍵は……？」

前を歩く背中を慌てて追いかけ、問いかけた。

この家のカードキーを預かっている私が、出迎えなきゃ、と思っていた。

「ああ」と、軽い調子の声が返ってくる。

「あれは、スペア」

「そ、そうでしたか」

マスターとスペア、一緒に持ち歩いていたのか。

セキュリティ的な疑問はあったものの、一応納得しかけた。

「お前にやるから、持ってろ」

「はい。ありが……って、えっ⁉」

続く言葉にも素直にお礼を言いそうになって、すんでのところで声をあげる。

「あの。それって合鍵っていうんじゃ……」

先にリビングに入った彼が、足を引いて振り返る。

真正面から向き合う格好になって、反射的に立ち止まった私を、

「……遥」

久遠さんが両腕で、そっと抱き寄せた。

髪を優しく梳いてくれる指に、私の胸がとくんと淡い音を立てる。

「昼間の、もう一度言ってくれ」

「昼間……？」

彼の手に手を重ね、そっと聞き返す。

「お前、随分とさらっと言ってくれたけど、あれで済ますな」

ふてくされたように言われ、私は彼の胸元から顔を上げた。

「……俺のこと、大好きって言いながら抱きつきたいって、口走っただろうが」

「！」

そっぽを向いてしまう彼を見て、思い出した。

「そ、そうだった、私」

昼間、久遠さんへの想いが溢れ返り、感極まって無我夢中で口走ってしまったんだ――。

「もっと、大事に言いたかったのに……」

思わずがっくりこうべを垂れると、

「俺も、もっと改まって聞きたかったよ」

頭上から、太々しい溜め息を落とされる。

「お互い、あれで満足できないだろ。だからほら、もう一回」

不遜な命令にほんのちょっとムッとして、私は、彼を上目遣いでじっとりと見つめた。

「久遠さんは、私に言ってくれないんですか」

「え？」

「……私のこと、どう思ってるんですか」

視線を彷徨わせてボソボソと訊ねると、久遠さんは、なぜか意表を衝かれたような顔をする。

「考えてみたら、最初に褒めてもらったのも〝身体〟だったし。ちゃんと好きだって、付き合おうって言ってもらえないのは、セフレにされただけだからかな、って」

「セフレだあ？」

彼にしては珍しい、素っ頓狂な声を挟まれたけど、こうなったらもうヤケだ。

「さっきは、久遠さんがすごすぎて。こんなカッコいい人のそばにいられるなら、もうセフレでもなんでもいいやって、開き直ったのもあって、つい……」

「お前な……」

彼は眩暈《めまい》をこらえるように、目頭をグッと指で押す。

「俺が、好きでもない女を抱く、不誠実な男だと思ってたのか」

「だ、だって、ほら！　私、久遠さんとＣＡさんの痴話喧嘩を見て、巻き添えでキスされたことだってあるし！」

「……あれか」

苦虫を噛み潰したみたいな顔で、眉根を寄せた。

「だったらいっそ、あの時俺が言ったこと、全部思い出せ」

「っ、え？」

静かな声に、私はそっと彼を見上げた。

「俺は、どうでもいい女に手間暇かけて準備を施してまで、抱きたいとは思わない」

「……！」

確かに、そう言い捨てるのを聞いてドン引きした。

だからこそ私は、間違いなく痴話喧嘩だと思った。

「だけど、お前にはかなり丁寧に施したつもりだが？」

それもまた、間違いない。

でも、つまり……。

「結局、私の身体が目当てってことじゃ……」

目を泳がせてモゴモゴと続けると、お腹の底から吐き出したような太い息が返ってくる。

「一応聞く。遥、お前、俺に身体で狙われるほど、自分に自信があるのか？」

「っ、へ？」

「確かに、綺麗だと言った。でもお前、胸は小さいし、セクシーとは言い難い。俺が溺れるほどの身体じゃない」

彼が指折り数え始めるのを、私は呆然と見つめる。

なんだか……結構ひどいことを言われてる気がする。

そりゃ、私だって、綺麗だなんて言われても、どこが？って思った。

でも、きゅんとしてしまったからこそ、後になってこき下ろされると、言いようもなく腹立たしい――！

「ちょっと、久遠さんっ……」

「俺が気に入っているのは、仕事でミスして落ち込むことはあっても、前向きでへこたれないお前」

「えっ？」

「コックピットの話をしてやっただけで、〝会社の恥〟とまでこき下ろした俺の前で、目をキラキラさせる」

久遠さんは、ちょっと皮肉混じりにうそぶく。

身に覚えがありすぎる暴言を口にされ、言葉に詰まった私を見下ろして、ふっと眉尻を下げる。

「〝好き〟をパワーにできる女。俺は、そういうお前に憧れて……惚《ほ》れた」

「！」

照れたようにはにかむ表情がとてもレアで、ドキッと心臓が沸き立つ。

「お前の存在を、俺の日々の活力にしたい。常にそばに置いておきたい。……こんな風に思った女、お前だけなんだよ」

私自身、彼にとってそういう存在になれたらいい、と思っていた――。

コツンと額を小突かれて、私は軽く背を反らしてから、

「だったら、もっと早く言ってくださいよ……」

無意識に額に手を当てて、唇を尖らせる。

「久遠さんがちゃんと言ってくれたら、私は都合のいい女なんじゃないかとか、ただのセフレじゃ？なんて、モヤモヤしなかったのに」

「それは、お互い様だ」

久遠さんが、口角を上げて好戦的な笑みを浮かべた。

「俺のこと好きなんじゃないかと聞いた時、お前は混乱するばかりで……正直がっくりきた」

「！　それは」

「風見のものになってないと知って、俺は我を忘れて突っ走った。恋だ愛だという答えを求めるより先に、一刻も早く、お前を俺のものにしたかった」

そう言い切って、今度は憂えるように眉をひそめる。

「とにかく、お前が俺から離れられなくなってくれれば、と。なのに、なかったことにしてくれって書き置きひとつで、逃げられた。それがお前の〝答え〟なのかと、俺の方こそ焦れてたよ。……俺の方は、とっくに屈服してたってのに」

なにやら忌々しそうに顔を歪め、ガシガシと頭をかき……。

「風見との噂は、相変わらず蔓延《はびこ》ったままだし……。女を他の男に奪われたくなくて必死になるなんて、お前が初めてだ」

意味不明だ、謎だと思っていた、私に対する独占欲。

そこに、ようやく彼の本心を見出せた——。

「ゆう、まさんっ……！」

ほとんど体当たりするように、久遠さんに抱きついた。

彼はバランスを崩すことなく、私を抱き止めてくれる。

「遥」

「……大好き、優真さん」

彼の背中に両腕を回し、厚い胸板に頬を擦る。

一拍分の間の後。

「ああ、俺も。……お前が、好きだよ」

しっかり告げてくれた低い声に、胸をきゅんと疼かせる。

やっと射止めた、偉大すぎる〝私の彼〟——。

おずおずと顔を上げると、宙でバチッと目が合った。

今、この瞬間から恋人なんだ、と自覚しただけで、心臓がひっくり返りそうなほど、
ドキドキする。

「……遥」

彼の目元にけぶる情欲も、いつもより甘いような気がした。

私のすべてを〝求めている〟のが感じられて、その色気が壮絶すぎる。

「あ」

なにか言おうと言葉を探したけど、しっとりと重なった唇にのみ込まれてしまった。

すぐに絡み合う舌。

「んっ……」

必死に応えようとしたら、淫らな水音が漏れた。

私の全神経が、麻痺していく――。


寝室に入った途端、広いベッドに押し倒された。

すぐに、久遠さん……優真さんが、覆いかぶさってくる。

抱き合いながら、甘いキスを何度も交わし……。

「……あっ！」

彼がブラのホックを外そうとするのに気付いて、ハッと我に返った。

「なに」

優真さんが、訝し気に眉根を寄せて、手を止める。

「あ、あの、優真さん。ここまで来ておいて今さらなんですけど。私……明日、早番で」

「え?」

「すみません! 朝早いので、今夜は、これ以上はちょっと……」

ムードを盛り下げるひと言は、申し訳なさのあまり語尾が尻すぼみになった。

それでも、彼を止めようとして、逞しい腕に両手をかける。

そっと窺うように見上げると、案の定、優真さんはムッと口をへの字に曲げていた。

「ここまで上げておいて落とすとは。やっぱりお前、絶対にパイロットの適性はないな」

いつかの私の揚げ足を取った、強烈な皮肉。

なぜ、今ここで、という気もするけれど――。

「す、すみません……」

そもそも、今夜はキャンセルだと言われたのに、無理矢理押しかけたのは私の方だ。

気持ちばかりが昂って、彼と一緒に過ごしたい一心で、考えなしだったことを猛省する。

ベッドの上で身を縮めて謝る私を、優真さんは不機嫌な顔で見下ろしていたけど。

「でも、それは、俺が先に対処してきたから、心配いらない」

「っ、え?」

言葉の意図を探って、再び目を合わせると、彼が好戦的な笑みを浮かべた。

「実は帰り際、お前のところの主任に、声をかけられた」

「は、はい」

「お疲れ様でした、明日はゆっくりお休みください、と言ってくれたから、『一日中癒《いや》してくれる人がいれば、心からリフレッシュできるんですが』と答えた」

続く言葉には、頷くだけで応えて、その先を促す。

私の反応に、彼はニヤリと口角を上げて……。

「『そちらの酒匂を、俺にレンタルしてもらえませんか』と言ってみた」

「えっ……?」

「主任がどう解釈したのかわからないけど、『うちの酒匂が、久遠機長のお役に立てるなら、ぜひ』と。だから、お言葉に甘えて、お前の休暇を申し出ておいた」

「なっ……!?」

私は、ギョッと目を剥いた。

「そういうわけだから、明日のお前の仕事は、一日中俺と水入らずで過ごし、俺を癒してパワー回復に努めること」

「そんな、勝手に……！」

驚きのあまり、ベッドの上に飛び起きる。

「主任は快く俺にレンタルしてくれたよ。『そういうことなら、酒匂に連絡を』と言うから、『俺から伝えます』と断っておいた」

「え」

横座りした状態で、ベッドに両手を突っ張った優真さんと目を合わせる。

「なにせ、彼女、今俺の家にいますから……とね」

バチッと、魅惑的にウインクする彼。

「な、なんですって……⁉」

予想だにしなかった事態に、私は大きく目を瞠り、絶句した。

私の反応は想定内だったようで、優真さんは楽し気に肩を揺らし、クックッと笑う。

「あの人の、なんのこっちゃ？って顔、初めて見たなあ……」

「笑い事じゃないですよ、優真さんっ！」

私は両手を前につき、腰を浮かせて彼の方に身を乗り出した。

条件反射といった感じで、彼がわずかに背を引く。

「レンタルはともかく、そんな言い方したら、絶対主任に怪しまれます！　その……私たちの関係、勘繰るに決まって……」

「構わないだろ？　風見と違って、俺とは真実なんだから」

さらりと言葉を挟まれて、私はグッと詰まる。

私が黙るのを見て、優真さんはベッドから背を起こし、胡座《あぐら》をかいた。

そして、私の髪を指先にクルッと巻きつける。

「お前は本当に俺の恋人になったんだし、噂されても、堂々としていられるだろ？」

「そ、そうです、けど」

視界の端で、私の髪を弄ぶ彼の指を気にしながら、たどたどしく返事をする。

「……たとえば、風見と二股、なんて言われ方しても、『私の彼は久遠さんです』って、言い返せばいい」

もしかして――まだ風見さんを警戒して、牽制のつもりだろうか？

真意を探って、真正面からまじまじと見つめると。

「……あんまり見るな」

優真さんは、居心地悪そうに目を逸らし、そっぽを向いてしまう。

珍しくほんのりと赤く染まった頬を見て、私はパチパチと瞬きをして……。

「ふふっ」

小さく吹き出して、笑ってしまった。

「なんだよ」

不服そうに返されても、怖くない。

「なんだ……もう」

クスクス笑いながら、じんわりと温かい熱が胸に広がるのを感じる。

「優真さん、交際宣言して、私を独り占めしたいってことですよね！」

彼といて、初めて上から目線になれて、たまらない優越感を覚える。

「交際宣言じゃない。噂になっても困らないだろってだけで」

優真さんは、ムキになって言い返してくるけど、そんなの構っていられない。

「でも、そんなことしなくたって、私は優真さんだけのものですよ！」

嬉しさのあまり、彼が言ってる途中で、ぎゅうっと抱きつく。

「遥」

「……実は今日、風見さんに好きだって言われました」

「え？」

私の腕の中で、優真さんの身体がピクリと反応する。

「ちゃんと、お断りしました。私は、久遠さんが好きですって」

彼が、頭上で「ふう」と息を吐いた音が聞こえる。

「それで、『お願いします』か」

風見さんにそう言われた優真さんが、ちょっと不満気だったのを思い出す。

「そうなんです。だから……」

一応、フォローしておこうと、口を開くと。

「風見によろしくされるまでもなく、最初から遥は俺のものだ」

当然のような口調で先回りされて、私の胸がドキッと跳ねる。

「それに……お前、俺に言うより先に、風見に言ったのか。俺のこと好きだって」

「もう。それも、自分が先じゃなきゃ、嫌ですか」

「普通、本人に言うのが先だろ。……こっちはどれだけ待ってたと……」

彼の不遜な独占欲が、ゾクゾクするくらい嬉しい。

珍しく拗《す》ねてるみたいな愚痴も、愛おしい。

くすぐったくて照れくさくて、私は彼の胸にグッと顔を埋めた。

「だったらこのまま、思いっきり独り占めしてください……」

声はくぐもってしまったけど、私の願いは彼の心に直接伝わったようだ。

優真さんは、少しだけ身体を振動させてクスッと笑うと。

「明日、休暇でＯＫ？」

私に、了承を確認してくる。

「……はい」

そう返事をするしかない。

もちろん、どうなるかわかっていて頷いた。

優真さんも、ＮＯの返事は想定していなかったのだろう。

背中で、ブラのホックが、プツッと外れたかと思うと……。

「今夜は寝かさないから、覚悟しろ」

傲慢なのに甘い囁きを耳元に落とされ、私の身体は抗いようのない悦《よろこ》びに震えた。


八月が終わり、暦《こよみ》の上では秋を迎えた九月初旬。

夏休みに合わせて組まれた過密なフライトスケジュールも通常状態に戻り、空港の混雑もやや解消された。

フライトクルーもグランドスタッフも、一時に比べるとだいぶのんびり。

皆、悠然と、業務に当たっている。

私も、ゲート案内に異動して、早三カ月を迎える。

完璧と言うにはまだまだの新米だけど、だいぶミスも少なくなり、仕事もスムーズにこなせるようになった、というのが自己評価。

そのため、この夏、グランドスタッフ名物と化していた、〝久遠機長に呼び出されて怒られる私〟の図が、ロビーで繰り広げられることは稀になった。

ところが、私と優真さんは、今は別の意味で大注目の的――。

今日、私は、彼の大阪便の案内に就いていた。

カウンターの準備をしていると、フライトクルーたちが続々と姿を現した。

「お疲れ様です、行ってらっしゃい」

いつもと同じ挨拶を交わす私に、CAたちは不躾なほどの視線を向けていく。

頭のてっぺんから足の爪先まで、まるで品定めするかのように、遠慮なく観察されているのを感じて、さすがに頬が引きつった。

と、その時。

「酒匂」

黒いフライトバッグを提げた優真さんが、ゲートに近付いてきた。

彼の隣には風見さんもいて、私に「遥ちゃーん！」と大きく腕を振っている。

「お、お疲れ様です。久遠さん、風見さん」

挨拶をした私に、今度はグランドスタッフの先輩たちから、興味津々の視線が突き刺さる。

針の筵《むしろ》のような気分で、私は肩を縮めた。

というのも――。

優真さんが、グランドスタッフの主任に〝交際宣言〟をしたせいで、今や私たちは、地上でも機上でも公認カップル。

相手が機長だけに、私と風見さんの噂を聞くことはなくなった。

だけど……。

「……な～んか、まだ注目感じるね」

風見さんは、噂がまだ完全に鎮火せず、燻《くすぶ》っているのを楽しむように、軽い口調で呟く。

「知ってる？　遥ちゃん。今度はＣＡたち、俺の猛烈片想いに久遠さんが参戦、略奪！……なあんて、言い出してるんだよ」

「うっ」

そう――。

妄想力の逞しい、噂好きな女性が多い職場だ。私を巡って、パイロット同士が恋のバトル！　……なんて、ふたりに対してなんとも申し訳ない、変な噂が勃発《ぼっぱつ》してしまった。

巻き込みっ放しで、風見さんも迷惑してるだろうと思っていたのに、意外と楽し気に言われて反応に困る。

「誰のせいだよ」

口ごもる私に代わって、優真さんが渋い顔をして溜め息をついた。

「もとはといえば、お前が最初の噂の火消しをしないどころか、未だに酒匂を名前で呼ぶから、変な燻り方してんだろうが」

「まあ、否定しません。でも、遥ちゃんが媚《こ》び売ってる、なんて意地悪な言われ方をするのは、後から久遠さんが出てきたせいですよ」

まったく怯む様子もなく、むしろ、ふふんとほくそ笑む風見さんに、優真さんも言葉に詰まった。

「俺がタイミング計ってる間に、あっさり遥ちゃんを射止めちゃって。……ほんと、ズルいんですよ。久遠さん」

風見さんはちょっと皮肉っぽく言って、そっぽを向く。

私は、無言で小さな溜め息をつく優真さんを、そっと窺った。

「別に、他の誰になにを言われても、俺と結婚すればすぐに鎮まるんだから、問題ないだろ？」

「っ、えっ……!?」

飄々と言って退ける彼に、反射的に聞き返してしまった。

優真さんはむしろ、私の反応が怪訝そうに眉根を寄せる。

「なんだよ？」

「い、いえ。ええと……」

逆に問われて、私は思わず言い淀んだ。ソワソワして、意味もなく目を泳がせる。

結婚。結婚……。

どこまで本気で言ってるの――!?

私は、こっそり上目遣いの視線で、彼の本心を探ろうとした。

でも、その表情は相変わらず涼し気で、一世一代のプロポーズまがいなことを仄めかした人とは思えない。

そもそも、優真さんが私に『好きだ』と言ってくれたのは、本当についこの間のこと。私たちは、恋人になってから、まだ一月《ひとつき》も経っていない。

だから、多分……いや、きっと優真さんは、〝男の責任〟的な意味合いで言っただけで、確かな意図はないはず。

うん。絶対そうだ。

自分で導き出したオチに納得して、私は、大きくうんと首を縦に振った。

「酒匂？」

私が頭の中でどんな思考を巡らせていたか知らない優真さんは、怪訝を通り越して怪しいものでも見るように眉をひそめている。

「大丈夫、落ち着きました」

胸を広げて深呼吸をしてから、気を取り直してしっかりと顔を上げた。

ところが、私をまっすぐ見下ろしていた彼と、宙でバチッと目が合ってしまい、

「っ……」

勝手なビジョンが、脳裏に浮かび上がる。

優真さんが結婚なんて口走ったせいで、妄想力が豊かになってしまったんだろうか。

今、彼が身につけているのはパイロットの制服なのに、頭の中の彼は真っ白なタキシードを着ている。そして、その隣に立つ私は、純白のウェディングドレス姿――。

「っ……」

無意識に、ゴックンと唾を飲んだ。

カアッと火照る頬を慌てて両手で押さえ、あたふたと顔を背ける。

「？　酒匂？　全然落ち着いたように見えないけど、お前大丈夫か？」

優真さんが私を見る目は、ますます鋭くなっていく。

その横で、風見さんは口を手で隠して、声を殺して笑っていた。

「お前も、なに笑ってるんだよ」

くぐもった笑い声に気付いた優真さんからビシッとツッコまれ、条件反射といった感じで、「いえ！」と背筋を伸ばしている。

「あ～。なんか、ごちそう様って感じですねえ」

棒読み口調で言って、私にチラッと視線を向けてくる。

意味深な流し目だから、ここに至るまでの私の激しい妄想が、全部見透かされてるのがわかる。

「～～っ」

頭のてっぺんから蒸気が噴きそうな勢いで顔を真っ赤にする私に、優真さんはより不審感を強めていく。

そんな私たちの前で、風見さんは肩を動かして、「はーっ」と深い息を吐いた。

そして。

「でも。久遠さんも、完全勝利とは言えないんですよね～」

「え？」

なぜかドヤ顔で胸を反らす彼に、優真さんは眉尻を上げる。

「久遠さんにとってのラスボスは、水無瀬さんだと思うし」

風見さんは明後日の方向に目を遣り、なにやらもったいぶってうそぶく。

「は？」

「水無瀬？」

それに対して、私と優真さんの反応がかぶった。

風見さんは、いやに満足気にほくそ笑み……。

「遥ちゃんは、久遠さんよりも水無瀬さんの方が好きなんですよ」

「っ、ええっ⁉」

いきなりの爆弾発言に、私はギョッとしてひっくり返った声をあげた。

優真さんがこめかみに青筋を立てて、私を見下ろしてくる。

「…………」

壮絶な目力を放ち、無言の追及。静かな威圧感が、半端じゃない。

「あ、あの。風見さん……？」

私はその視線から逃げて、風見さんに説明を求め、恐る恐る呼びかけた。

「あれ。忘れちゃった？　七月に飲み会した時。久遠さんが来る前に、遥ちゃんそう言ったよね？」

悪戯っぽく瞳を動かして、同意を求められ、

「あっ！」

まさに、そう言った記憶が蘇る。

私が反応したせいで、優真さんから感じる冷気が、さらに強烈になり……。

「でもそれは、まだ久遠さんと付き合う前のことで……！」

「ああ。俺を怖がって、逃げまくってた頃のことだな」

優真さんは抑揚のない声でそう言ったけれど、決して理解してくれたわけじゃないのがわかる。

私は、彼の視界の真ん中で、凍りついた。

風見さんが、そんな私たちを見て、おもしろそうに肩を揺らす。そして、わざとらしく、「おっと」と左手首の腕時計に目を落とした。

「俺、先にコックピット入って、計器類点検しておきます」

私と優真さんの間に猛烈な爆弾を投下しておいて、「じゃっ！」と敬礼すると、ボーディングブリッジに進んでいってしまった。

私は、あまりにもあっけらかんとした彼を、唖然として見送ったけれど。

「………」

氷の刃のような視線が、横顔にビシバシと突き刺さるから、とても優真さんに目を向けられない。

なんとも気まずい沈黙がよぎり──。

「水無瀬か。確か、来月のパリ便、一緒だったな」

優真さんは、表情を崩さずに顎を撫で、目線を上に向けた。

スケジュールを頭に巡らせる彼が、なにを思案しているのか……。

「く、久遠さん……？」

ついつい逃げ腰になり、語尾を上げて呼びかけながら、その心を探る。

優真さんが私をちらりと見遣り、「ふん」と鼻を鳴らして口角を上げた。

「ああいう男がお前のタイプか。よ～く肝に銘《めい》じておく」

私があわあわするのを見て、クッと肩を揺らす。

「まあ、最初から一番じゃなくていい。むしろ、まだまだ伸び代があると捉えて、限界を考えずに口説き落とせばいいんだから、その方がよっぽど楽しめる」

「え……？」

その言い方にドキッとして聞き返した私の頭に、彼はポンと手をのせる。

「今夜はこっちに帰ってくるから。俺の家で待ってろ」

頭の上で二度弾ませた手を、引っ込めた。

次の瞬間には、サッと仕事モードに切り替わり、キリッとした機長の表情に戻ってしまう。

「っ……」

私は、彼の温もりを追うように、無意識に頭に手を遣った。

あの胴体着陸の一件が大きく報道されて、数日の間、優真さんは国交省の事故調査委員会の聴取のために、フライトできずにいた。

それがやっと終わったと思ったら地方泊が続き、私が彼のマンションに誘われるのは、恋人になったあの夜以来初めてだ。

いやがうえにも、期待で胸が高鳴る。

「は、いっ……！」

一緒に過ごせる今夜が楽しみで、声が上擦ってしまう。だけど、急いでビシッと姿勢を正した。

「久遠さん。Good luck!」

少し先で足を止めた彼が、私を肩越しに振り返る。

口角を上げ、不敵に微笑んで——。

「これから空を飛ぶパイロットに、〝幸運を〟なんて不吉なことを言うな」

「っ」

「こういう時は、Good dayと言うんだ。覚えとけ」

「あ……」

ヒラヒラと手を振って、先に行った風見さんを追い、ボーディングブリッジに進んでいく。

私は、その背が見えなくなるまで見送って、胸元を握りしめた。

すべての乗客の搭乗が済み、ゲートがクローズされた。

優真さんが操縦桿を握るジャンボ機は、離陸に向けてトーイングカーに牽引され、ターミナルから離れていく。

業務を終えた私は、次のゲートに向かう前に、大きな窓に手を置き、滑走路を見つめた。

風のない真っ青な空の下。

離陸を阻むものはなにもない。

私の視界の中で、悠然と滑走路に進入したジャンボ機は、一気に加速して走り出した。

「V1。……VR」

自分が優真さんとコックピットにいる気分になって、無意識に呟く。

コールと共に機首が上を向き、ふわりと浮き上がったかと思うと、角度をつけてぐんぐん空に昇っていく。

「……Good day」

――よい一日を。

それは、コックピットと管制の間で、交わされる言葉。

今日はこれで〝さようなら〟のように聞こえて、今夜、マンションで彼の帰りを待つ私には、しっくりこない。

私はこの先も、こうして空に飛び立つ優真さんを見送り、地上に戻ってくるのを、出迎えることができる。

Good day と言ったきりでなく、その後もずっと、私は彼の日常にいられる存在でありたい。

優真さんが空を飛ぶための、原動力になりたい――。

「……I'm waiting for you」

ボソッと小さく言い直したら、私の胸がとくんと淡い音を鳴らした。

私が見守る中。

飛行機は白い雲を突き破り、大空へと飛び立っていった。

特別書き下ろし番外編

かわいくて愛おしい

短い夏が終わり、秋も深まりゆく十月。

俺が機長として初めて乗務したパリ便は、定刻より十五分早くシャルル・ド・ゴール空港に着陸した。

ターミナルに続くボーディングブリッジが接続され、キャビンで乗客の降機が始まった。

俺は、副操縦士の水無瀬とリリーフパイロットの本田《ほんだ》の三人で、コックピットでデブリーフィングをしていた。それも問題なく終わり、降機準備を進めていると……。

「いやー、この時間帯で、一番乗りできましたね」

コックピットの後部席で、本田が大きく伸びをしながら、満足そうに言った。

「途中で見つけたエア・ユーロの787を抜けて、運がよかったですね」

彼を振り返った水無瀬も、どこか得意気だ。

空という極限の緊張下での、十二時間という長いフライトからの解放感もあり、ふたりの声は弾んでいる。

「あれを抜けなかったら、俺たちはまだあそこで着陸許可待ちだ」

俺はふたりに向かって、窓の外の空を軽く親指で示した。

夕刻、夜に差しかかるこの時間、パリの空は大渋滞を起こしている。

途中、コペンハーゲン上空で抜いたエア・ユーロは、たった今着陸したところ。

それ以外にも、ヨーロッパのローカルキャリアのエアバスや貨物機が、着陸順を待って旋回している。

「あー。欧米線で、ああなると嫌ですね……」

本田が、俺の指の先を見遣って、眉根を寄せる。

「イミグレに、長蛇の列ができるし。日本から長時間移動してきた後だから、乗客には、早く羽を伸ばしてほしいですよね」

そう応じる水無瀬に、俺は頷いた。

フライトの途中、同じ空港に向かう他社機を見つけることは多々ある。

なにも毎回、躍起になって抜きにかかるわけじゃないが、ここのようなマンモス空港では、遅くなればなるほどイミグレーションが大混雑する。

今回は、風を味方にすることができた。

水無瀬の言う通り、長いフライトの後だからこそ、できるだけ早く乗客をパリの街に送り出してやりたい。

俺たち三人が目線を交わして、達成感を湛えた笑みを交わし合った時、チーフパーサーが乗客の降機終了を告げに来た。CAたちも、降機を始めているという。

「さて。じゃあ、俺たちも降りようか」

俺はふたりを先に促し、一度コックピットをグルッと見回してから、クルーの最後に、ボーディングブリッジに踏み出した。


パリでは、中二日の休日を過ごすことになる。

宿泊先のホテルは、パリの街中にあるため、空港からリムジンバスで移動だ。

後から乗り込んできた水無瀬が、前方の席に座っていた俺を見つけて、「あ」という形に口を開く。

「久遠さん、改めてお疲れ様でした。隣いいですか」

「ん？　ああ」

窓枠に肘をのせ、ぼんやりと外を眺めていた俺は、隣のシートに腰を下ろす彼に、ちらりと目を遣った。

なんとなく、その左手の薬指に目が留まる。

「そういえばお前、新婚だったな」

「え。あー、まあ。……ははは」

水無瀬が、眉尻を下げて苦笑した。

「一年同棲した後なので、あまり新婚って感じもないですけど」

謙遜したつもりだろうが、いつもより顔が緩んでいる。これは、無自覚の惚気《のろけ》と言って間違いない。

俺は、再び窓の外に顔を向けて、「そうか」とだけ返した。

「……久遠さんも。酒匂さんと付き合ってるんですよね」

ちょっと低くした声で探るように問われ、目線だけ戻す。

目が合うと、水無瀬がふっと目尻を下げた。

「そのせいかな。最近は久遠さん、心身共に絶好調って感じですよね。コックピットでも以前に増して頼もしいって、コーパイだけじゃなくCAからも評判です」

「絶好調なのは、別に酒匂とそうなってからじゃないつもりだけど」

なにかむず痒《がゆ》い気分になって、そう返した俺に、彼は「またまた」と、からかうように目を細めた。

その時、発車時刻になったのか、ドアが閉まり、バスがゆっくりと走り出した。

「まだ梅雨真っ只中の頃は、コックピットでも言ってましたよね。体調は悪くないのに、どうもすっきりしないって」

シート間の狭いピッチで、やや窮屈そうに長い足を組み上げる彼に、

「……口に出して言ってたか」

俺は顎を撫で、バツの悪さをごまかした。

水無瀬は腕組みをして、クックッと小気味よく笑っている。

それを横目に、俺はシートにしっかりもたれかかり、低い天井を見上げた。

「あの、久遠さん。よければ、たまには男だけで飲みませんか？」

「え？」

「実は、久遠さんの話を聞きたいって言ってるヤツが、昨日の便でパリ入りしていて。メシ行こうって、連絡があったんです」

視界の端に、水無瀬がやや好戦的に口角を上げる様が映り込む。

「まさか……風見か？」

「ご名答」と、悪戯っぽく、どこかアンニュイな笑みを浮かべる。

「日本から遠く離れたパリの夜長、男三人でワインでも飲み交わしません？」

男三人での酒に異論はないが、話を聞きたいと前置きされたせいで、そこはかとな

い嫌な予感が漂う。

しかし――。

「……あの時アイツ、俺より、既婚者のお前の方が好きって言ったんだったな」

聞かせるつもりのない独り言に、「は？」と聞き返され、かぶりを振った。

迷うフリをして、市内に続く高速の風景を眺める。

だけど、意思はすでに決まっていた。〝遥のタイプの男〟を、存分に観察するチャンスなのだから。

「そうだな……悪くない」

見通せているリスクを回避せず、女を挟んでの対抗心で誘いに乗るなんて、俺らしくもない。

でも、機長になって初めてのパリ。ロングフライトを終えた後で、幾分疲れもある。

同時に高揚感もあり、思う以上に開放的になっていた……ってことにしておこう。

〝R〟のつかない月に、牡蠣《かき》を食べるな。これは、欧米に伝わることわざ。

今は十月、ちょうど旬の時期を迎えている。

俺たちはホテルにチェックインした後、水無瀬の行きつけだという、シャンゼリゼ通りのオイスターバーに繰り出した。

風見とは、直接店で待ち合わせていた。男三人、通りに面したガラス張りのテラス席で背の高い丸テーブルを囲み、シーフードに合わせて白ワインで乾杯した。

洒落た通りを行き交う人々を眺め、新鮮な海の幸に舌鼓《したつづみ》を打ちながら、

「あのっ。久遠さん」

「そうだ、水無瀬」

改まった様子で、早速仕掛けようとしてくる風見を遮って、俺は水無瀬を呼んだ。

「はい？」

「お前、この店に、奥さんを連れてきたことはあるのか」

「え」

遠慮のない質問をする俺に、彼はギクッとした様子で、笑顔を引きつらせた。

「あの……久遠さん？　いったいなんで、今そんな……」

「細かいことは気にするな。ただの興味だから。……で？」

俺が蟹《かに》の殻を剥きながら促すと、一瞬目を泳がせたものの……。

「……一度。俺のフライトに合わせて、彼女がパリ旅行に来たことがあって」

長いフライトで、疲れが溜まった身体。この時間、日本はすでに真夜中だ。

俺と同様、水無瀬も体内時計が狂っている。一本目のボトルが空になる前に、いい感じにほろ酔いになっていた。

おかげで、ちょっと質問を振るだけで饒舌《じょうぜつ》に語る彼に、俺は軽い調子で相槌を打つフリをして、実はしっかり耳を澄ましていた。

なるほど。黙っていても引く手数多のイケメンのわりに、なかなかマメで甲斐性がある。

国際線のフライト先でお土産を買っていくとか、パリでのアテンドぶりにも脱帽。俺と違うのはそういうところか、なんて、彼の一字一句を頭に叩き込んだ。

一年ほど同棲して、結婚と言っていたのは——。

「その旅行の後、どうしても離れがたくて……。とにかく、早く一緒に住もうってことに」

二本目にセレクトした赤ワインのボトルが運ばれてきた頃には、テーブルを飛び交うのは、主に水無瀬の惚気話になっていた。

俺は完全に聞き入っていて、蚊帳《かや》の外でふてくされた風見が、ボトルをひとりで半分空にしていたことに、気付く余地もなかった。

「〜〜だーかーらっ。久遠さん！　俺は、久遠さんの話が聞きたいんですよ！」

赤ワインの芳醇な香りや舌触りを、味わう間もない。

「遥ちゃんのこと、いつから狙ってたんですか」

急ピッチで酔っ払って焦れた風見が、ズバリ割って入ってきた。

いつもなら、この手の絡みは、相手にせずに受け流す。

しかしなにぶん、俺も酔っていた。

「お前、まだ遥に未練があるのか」

やめときゃいいのに、ついつい応じてしまう。

水無瀬はご機嫌な顔で、クスクス笑った。

「久遠さん。ここで答えておかないと、風見のヤツ、滞在中ずっと、久遠さんの部屋訪ねて、ドア叩き続けますよ」

「それは、人としてやめてくれ」

「久遠さんこそ、人としてどうなんですかー？　俺が遥ちゃんのこと好きなの、気付いてたくせに、もうズルすぎて。未練はないけど、どうも収まらないっていうか」

風見は勢いよくグラスをテーブルに置くと、腕組みをして頬を膨らませた。

まあ、確かに、仰る通り。彼のアプローチはわかりやすかったし、気付かないのは、当の本人の遥くらいなものだったろう。

だからといって、「これは海賊による略奪行為と等しいです」と非難されても。

聞き役に転じた水無瀬も、さすがに苦笑した。

「そもそも、酒匂さんは風見のものじゃなかっただろ。今野に下手な入れ知恵されて、柄にもなく駆け引きなんか考えるから、横から持ってかれるんだよ」

「おい、水無瀬。その言い方も……」

「だから、いつから好きだったのか聞きたいんですよ！　遥ちゃんも、久遠さんのことズルいって言ってたんですよ。好きって言ってくれないって！」

風見は、どんどん手がつけられなくなっていく。

「っつーか……それなのに、俺、横から持ってかれるとか。どういうことなんだ……」

俺は、やれやれという気持ちで、溜め息をついた。

「……俺の〝好き〟は、お前の十倍重いんだよ。そう簡単に言えるか」

頬杖をついて、眉間に皺を刻む。

「え？」と聞き返してくる風見を、「それから」と声を張って遮った。

「いつから好きだったか、というのも。風見の質問は、コックピットから望む空と海に、正確にボーダーラインを引けと言ってるのと同じことだ」

言葉を探しながら、やや難しく顔を歪め、足を組み上げる。

「あの美しい青のグラデーションに、境界線を定める必要があるか？　無粋だろ」

自論を説く俺を、風見と水無瀬がポカンとした顔で見ている。

「……なんだよ？」

ふたりからの不躾な視線に憮然として、俺はムッと唇を曲げた。

ところが。

「久遠さん、マジ、カッコいいです。でも……一応風見の顔も立てて。例の飲み会の前から、久遠さんは酒匂さんのこと好きだったんだろうって、俺、踏んでます」

水無瀬から悪戯っぽく目を細めて言われて、俺はギョッとして目を剥いた。

「えっ……？」

風見は、俺と彼に交互に視線を向けて、その先、なにを言うかと窺っている。

「さっき、バスの中で言ったじゃないですか。ちょうどあの頃、久遠さん、なんかすっきりしないって自覚してましたよね？」

水無瀬が薄笑いで重ねてくる言葉に、俺は無言で頷いて、肯定してみせた。

あの飲み会の二週間ほど前、ちょっとした嗜虐心から遥にキスをして、ひっぱたかれたことがあった。それから業務でもわかりやすく避けられ、顔を見ない日が続いた。

おかげで、フライトはことごとく順調だった。しかし、平和で穏やかな毎日は、単調でもあった。

日が経つごとに、退屈だ、つまらないという思いが強まった。なにかすっきりしない日々が続き――。

あの時、店に着いて遥の顔を見た瞬間、俺は謎の不調の原因を見出せた。

「ストレスの遣り場がなくなってた……ってのは、認める」

そのまんまを彼女に言って、かなり憤慨されたことを思い出す。

つい微妙に顔を歪める俺に、水無瀬は唇を引いてニッと笑った。

「俺、多分同類で。好きな子の前だと、なんか素直に言えなくて、回りくどい変な始め方して、後で死ぬほど後悔してたし……」

「お前が？　意外だな。奥さんとのことか？」

俺がさらりと質問を挟むと、水無瀬は〝失言〟といった感じで、視線を横に流して逃げた。

「まあ、そういうわけで。酒匂さんの話聞いて、久遠さんの不調の原因は彼女だって、ピンときたんです。彼女も、『あんな人』なんて言い方するくらいだし、久遠さん、かなり拗《こじ》らせてるんだろうな～……と」

「……それであの時、わざわざ俺を呼び出したのか」

「うわ～……！　なんだ、俺はパンダだったのかよおおっ」

風見が大袈裟に声を張って、テーブルにバタッと突っ伏す。

この場で一番の策士であるはずの水無瀬が、風見を「よしよし」と慰めるのを横目に、俺はひとり思考を巡らせる。

「……なるほどな」

頬杖をついたまま、ふいっと顔を背けて、独り言ちた。

ボソッとした呟きを拾ったふたりが、「え？」と聞き返してきた時、スラックスのポケットに突っ込んでいたスマホに着信があった。

ブブッと音を立てて、振動するのに気付き、

「ん？」

何気なく手に取って確認すると、日本にいる遥から、ＬＩＮＥのメッセージが通知されていた。

あり得ないとわかっていても、ここでの会話が彼女に届いたんじゃなかろうかと考えて、一瞬ギクッとしてしまう。

しかし……。

【優真さん、お疲れ様です。パリに到着して、ホテルで寛いでる頃ですか？　ゆっく

り身体休めてくださいね。お休みなさい】

メッセージを目で追っていると、彼女の弾んだ声が聞こえてきそうだ。

続いて送信されてきたウサギのキャラクターのスタンプは、なぜか壁に隠れて、こちらをチラッと窺っている。それだけで、『お休みなさい』と言いながら、なにを期待してメッセージを送ってきたか見抜けてしまう。

「かわいいおねだり、バレバレなんだけど」

スマホに表示した彼女のメッセージに、無意識にふっと吐息を漏らす。

すると。

「遥ちゃん、ですか～」

風見がじっとりとした声を挟んできて、俺はハッとしてスマホをテーブルに伏せた。

「覗くな、バカ」

「覗いてませんよ。……っつーか、そんな優しい緩んだ顔して、嬉しそうに目を細められちゃあ、久遠さんの方こそバレバレですって。ね？　水無瀬さん」

俺が、「え？」と聞き返す中、風見に話を振られた水無瀬が、口元に手を遣ってクスクスと笑いながら、同意を示している。

「これぱっかりは、風見の言う通りです。かわいくて愛おしいって顔。久遠さんにそんな顔させられる人、酒匂さん以外にいないでしょ」

「っ……」

ふたりからニヤニヤしてツッコまれ、俺は反射的に手で顔を隠した。

俺としたことが、迂闊《うかつ》だった。

メッセージに秘められた彼女の思惑が読めた途端、確かに『ったく、かわいいヤツ』と思った。それが、まんまと顔に出ていたとは……。

あまりにきまり悪くて、居たたまれない。

「久遠さーん。さっきの、もっと教えてくださいよ。久遠さんの〝好き〟が、俺より十倍重いって、どういうことですか」

風見が、テーブルに肘をのせて、俺の方に身を乗り出してくる。

「簡単に言えないって理由も……」

「……すまん。ちょっとトイレ」

興味津々な様子で畳みかけてくる風見を遮り、俺はスマホをポケットに捻じ込んで、席を立った。

少し秋の風に当たって酔いを醒まそうと、一度店の外に出た。

観光名所にもなっている、パリ随一の目抜き通りであるシャンゼリゼ通りは、多くの家族連れやカップルが行き交っている。

俺は、通りの端に寄って、再びスマホを取り出した。画面に遥の電話番号を表示して、発信する。

《優真さん⁉》

遥はほんのワンコールで応答した。驚きか、素っ頓狂な声が、俺の鼓膜に刻まれる。

「ＬＩＮＥ、サンキュ」

《電話⁉ ご、ごめんなさい。ＬＩＮＥでひと言でよかったのに》

多分、国際電話の通話料金を気にしているのだろう。いつもより少し早口だ。

「あれ。俺の読み違いだったか」

俺は、スラックスのポケットに片手を突っ込み、パリの群青色の夜空を見上げた。

「俺を窺ってるウサギ。声が聞きたいって、おねだりかと思ったんだけど」

電話の向こうで、小さく息をのむ気配がした。

俺は、肩を揺らしてクックッと声を漏らし……。

「当たりだったろ？」

《……ごめんなさい……》

尻すぼみになっていく謝罪には、「いや」と目を伏せてかぶりを振った。
「俺も、遥の声が聞きたかった。こんな時間だけど、起きててくれてよかった」
《昨日遅番で、今日は休みだったから……優真さんの着陸そろそろかな、って起きてたんです》
耳に届く彼女の声が、わかりやすく弾む。
今、この電波の向こうで、彼女がはにかんで笑っている顔がリアルに想像できて、俺もつられて微笑む。
しかし、すぐに、先ほど水無瀬に言われたことを思い出して、顔を手で覆った。
《ロングフライトの後だし、疲れてるでしょ？　今日はゆっくり休んで、無事に日本に帰ってきてくださいね》
やはり通話料金が気になるのか、最後の締めのような言葉をかけてくる遥に、
「なあ、遥。お前、チョコレート好きか？」
《え？》
突如、話題を振ると、やや戸惑った声で聞き返してきた。
《す、好きですよ。甘いものは別腹っていうか……》
質問の意図がわからないのか、返事はちょっと困惑気味だ。

「日本未出店のショコラトリーの情報、教えてもらったんだ。買ってってやる」
《えっ！　ほんとに？》
「ああ。他になにか欲しい物はあるか？　明日明後日と休みだし、なにかあればなんでも……」
《い、いいです、いいです！　チョコレートで充分ですからっ》
焦ったような声を挟まれ、俺も口を噤む。
「そうか？」と質問を引き取ると、なにかホッとしたような吐息の音が、耳をくすぐった。
「それじゃあ……遥、今度は一緒に来ようか」
《えっ……？》
「パリじゃなくてもいい。休み合わせて、ふたりきりで街歩きを楽しもう。ローカルフードの食べ歩きもしたい」
電話の向こうで、遥が《はい》と答えた。
《優真さんと一緒なら、世界中どこにでも行きたいです。でも、まずは、お仕事頑張って。チョコレート、嬉しいけど、お土産よりも、早く優真さんに会いたいです》
多分、照れているんだろう。彼女の声は、どこか少したどたどしい。

俺は「ああ」と目を細めて、またしても慌てて表情を引き締めた。

と、その時、俺の前を通り過ぎていったフランス人カップルが、人目を憚ることなく抱き合って、キスを交わす姿が視界の端に映った。その横を行き交う通行人が、わざわざ振り返って、冷やかすような口笛を吹いている。

海外では、珍しい光景ではない。俺も、なんとなくふたりに目を向けた。

まったく……。こっちは、あと三日は遥に会えないというのに、見せつけてくれる。

「遥。帰ったら、たくさんキスしような」

特に考えなしで口を突いて出た言葉に、遥が《えっ⁉》とひっくり返った声をあげた。

「約束な。じゃ、お前も夜更かししてないで、そろそろ寝ろ。お休み」

唐突にそう告げる俺に、彼女が上擦った声で、《お休みなさい》と返してくれた。

通話を終え、スマホをポケットに捻じ込み、いちゃつくカップルから目を逸らして、声に出して息を吐く。

通話時間は、ほんの五分程度。それでも、秋の夜風に当たって、ワインの酔いも幾分醒めていた。そうすると、肌寒さを覚えて、二の腕を軽く両手でさする。

フライト土産だの、ふたりで街歩きだの……。

「……なに言ってんだ、俺」

水無瀬に触発されて、柄にもなくテンションが上がったことは、自覚している。

冷静になって省みると、なかなかむず痒い。

だけど。

彼女のことを考えるだけで、無自覚のうちに顔の筋肉が緩む。

他人から指摘されるとただただこっ恥ずかしいが、心がじんわりと温かくなるこの感覚は悪くない。

遥を、喜ばせたい。楽しそうに笑う顔が見たい。いや、コロコロ変わる様々な表情を、いつもすぐそばで見ていたい。今だけじゃない、この先、未来永劫――。

「どうしても離れがたい……か」

この、どこか切迫した想いは、水無瀬が突き動かされたのと同じだろうか。

そうだとしたら……。

「……婚約指輪、探しに行くか」

やはり、口元が綻ぶ。

この腑抜けた俺を、またふたりに指摘されないよう、意識して気を引き締め……。

俺は、店内に戻った。

未来永劫、離さない

もう三十年近く前、俺は飛行機事故で両親を失った。

まだ幼い頃、両親と祖母と暮らしていたドイツ。仕事のために一時帰国する両親を、俺は祖母に抱き上げられて、空港の展望デッキから見送っていた。

『優真、ほら見てごらん。お父さんとお母さんが乗った飛行機が、離陸するよ』

祖母が俺の顔を覗き込んで、視線を滑走路に促す。

その言葉通り、ドイツのナショナル・フラッグ・キャリアのジャンボ機が、滑走路を加速していくところだった。

飛び立つ様を目に焼きつけようとして、俺は瞬きもせずに離陸の瞬間を見守った。

飛行機の前輪がふわりと浮き上がるのを見て、祖母の腕の中で大きく腕を振った。

ところが、その次の瞬間――。

すさまじい轟音と共に、目の前の滑走路に、白と黒の煙が立ち込めた。

『きゃああ‼』

至るところで、ほとんど同時に沸き起こった悲鳴や怒声、絶叫が、自分の全方向から聞こえてきた。

『あ、あああ……』

呆然とした祖母が、俺のすぐ耳元でそんな声を漏らす。

祖母の腕から力が抜け落ち、俺は地面にストンと落とされた。

『お祖母ちゃん。なに？　なにが起きたの』

このほんの一寸の間に、いったいなにが起きたのか。当時の俺はすぐにわからなかった。しかし、問いかけても返事をしてもらえないから、弾かれたようにフェンスに駆け寄った。

気付くと、煙は黒一色になっていた。その隙間に、勢いよく炎が広がるのを見て、初めてギクリとした。

『事故だー！　ジャンボが炎上してるぞ‼』

どこからか、ドイツ語の叫び声が聞こえてきた。

デッキにいた人たちだけじゃない。遠くから風に乗って聞こえてくる悲鳴で、ターミナル内も騒然としているのを、肌で感じ取れた。

『事故……』

子供心でわかったのは、大きなジャンボ機をのみ込み、激しく噴き上がる紅蓮《ぐれん》の炎の中で、大事な家族の命が失われようとしていることだった。

『お、お父さん、お母さん……‼』

泣きながらガンガンとフェンスを揺らし、声が嗄《か》れるほど絶叫した。

怖かった。言いようもなく怖くて、全身の震えが収まらず――。


「……真さん、優真さんっ！」

頭の芯で反響する、幼い自分の叫びの間に、鋭く俺を呼ぶ高いトーンの声が割って入る。

俺はハッとして、勢いよく目を開けた。

視界に広がるのは、黒煙ではなく、薄闇。

荒い息で胸を上下させながら、一度グッと目を瞑って、焦点を合わせる。

一番に見留めたのは、遥の顔だった。

「……遥」

「よかった……。優真さん、すごいうなされてて」

ホッと息を吐く彼女に、改めて目を凝らす。

そろそろ冬を迎える季節だというのに、彼女が身につけているのは、細い肩紐のキャミソールだった。俺の方は上半身裸で、ボクサーパンツのみ。

昨夜、彼女を抱いた後、いつ眠りについたのか、記憶が曖昧だった。

「ごめん。……起こしたか」

額に手を当て、ゆっくり上体を起こしてから、俺は窓の方に目を遣った。

寝室の窓には、ロールカーテンが下りている。その隙間から微かに射す弱い光。

まだ、夜明けを迎えていないことは、感じ取れた。

「大丈夫ですか？　なにか、怖い夢を……」

俺の隣にペタンと座り込んだ遥が、額に手を伸ばしてくる。

うっすらと滲む汗を拭ってくれる感触に、俺はビクッと身を震わせた。

「ご、ごめんなさい」

俺の反応に、遥が反射的に手を引っ込める。

「いや。こっちこそ」

俺は顔を伏せてかぶりを振り、肩を動かして息を吐いた。

「……怖い夢、じゃない。忘れられない、現実だ」

「え？」

問い返してくる彼女には、もう一度首を横に振り、俺は身体の向きを変えてベッドに腰かけた。

「お前まで、眠れなくなるな。俺はソファで寝る」

ギシッとベッドを軋ませて、立ち上がろうとすると、

「待って」

遥はそう言って、俺の腰に両腕を回してきた。

「大丈夫。大丈夫だから」

俺の背中に、頬を擦りつけているのがわかる。

「私は眠れなくても平気。だから、優真さん、ここにいて」

「遥」

「怖い思いしないように、抱いててあげますから」

「っ……」

思わず息をのんだ俺を、彼女は驚くほど強い力で、再びベッドに引っ張り込んだ。

ベッドの上で一度目線を交わし、俺の頭に両腕を伸ばす。ためらうことなく抱き寄せられて、彼女の胸に顔が埋まった。

「……遥」

「こうしていれば、優真さんがちょっとでも強張ったり震えたりしたら、ちゃんとわ

かる。そうしたら、私が起こしてあげますから」

そう言いながら、ぎゅうっと腕に力を込める。

柔らかく形のいい胸に押さえつけられ、俺は「う」とくぐもった声をあげた。

すぐ耳元で、トクトクと小さく速い鼓動を聞いて、

「……ふっ」

吐息と共に、笑い声が漏れた。

「こんなことされたら、別の意味で眠れない」

彼女の胸でわずかに身じろぎしてから、その華奢な腰に腕を回す。

「えっ」と怯む反応に構わず――。

「いや……。このまま眠ろう」

俺は、温かく愛しい体温に包まれて、しっかりと目を閉じた。


少し遅く起きた朝。

「優真さん！　ホットケーキに挟む具、なにがいいですか？」

シャワーを浴びて戻ってくると、キッチンには焼き上がったホットケーキの甘い香りが漂っていた。

遥がコンロの前に立って、笑顔でフライ返しを振っている。

「ベーコンとスクランブルエッグ」

濡れた髪をタオルで拭いながら、俺はそう答えた。

「聞くまでもなかった。優真さんは、甘いもの苦手ですもんね」

遥はクスクス笑うと、俺のリクエストの具材を準備しようと、冷蔵庫を開ける。

「……お前は？」

キッチンに入り、彼女の横に立ってそう訊ねた。

「私は、桃の缶詰と生クリーム」

「もはや、食事じゃない」

遥は、「なんとでも言ってください」と言いながら、俺の分のスクランブルエッグを作り始める。

鼻歌混じりで楽し気な彼女の横顔を、ジッと見つめて――。

「遥。……昨夜、サンキュ、な」

朝起きてから今まで、昨夜のことにはなにも触れない彼女に、ボソッと小さな声で謝辞を告げる。

「っ、え？」

口にせずとも気にしていたのか、すぐに反応して聞き返してきた。

俺は黙って唇を結び、一度ふっと微笑んでから、彼女の頭にポンと手を置いた。

「お前の心音聞いて、よく眠れた」

遥が息をのむ気配を背に、キッチンから出た。


寝室に戻り、背で押すようにしてドアを閉める。

昨日、ニューヨーク便のフライトを終えて、帰国したばかりだ。壁際には、まだ片付けていないキャリーケースを放置したまま。

遥は昨夜、遅番勤務の後、まっすぐ俺の家にやってきた。今日は彼女も公休で、一日一緒に過ごすことができる。

俺は、湿った前髪をザッとかき上げ、大きなクローゼットに目を留めた。きゅっと唇を結んで、その前まで歩いていく。

戸を開けるとすぐ、遥と付き合って一月半の頃、フライト先のパリで購入した指輪のケースが、目に飛び込んできた。中には、高級ジュエリーブランドの、大きな一粒ダイヤの婚約指輪が収められている。

シャンゼリゼ通りのブランド直営店で、ショーケースを覗き込んだ瞬間、一際キラッとした輝きが目に飛び込んできて、『これだ』と直感で決めた。

正直に言うと、今までに付き合った女は何人かいたものの、ジュエリーなんて買ったのは、三十五年の人生でこれが初めてだ。

二十代の頃までの俺は、女性からアプローチを受け、なんとなく恋人という関係を築いていた。特に就職してからは、高給取りとして知られるパイロットという職業に目を眩ませて、近寄ってくる女性も多かった。パイロットと結婚すれば、何不自由ない生活、むしろ人が羨む贅沢な人生を謳歌《おうか》できると、勝手な夢を抱くのだろう。

しかし、一緒に過ごしてどれくらいか経つと、たいてい俺が振られて終わっていた。

気心知れた友人からは、『釣った魚に餌をやらないからだよ。繋ぎ止めておくには、少しくらい、喜ばせるってことを覚えろ』と言われたけれど、そもそも俺が釣ったわけでもない女を、繋ぎ止めておく必要性は皆無だったのだから、釈迦《しゃか》に説法。

そう——俺には、結婚願望というものがまったくなかった。

恋をして恋人になり、結婚して夫婦になる。やがて子供ができて家庭を築くという、多くの人間が踏襲するであろう人生のセオリーは、生まれて数年で両親を亡くし、〝家族〟というものが身近ではない俺には、なんの魅力もなかった。

家族は、俺にとって未知なるもの。そこに収まる自分を、どうしても想像できない。

一生食っていける仕事があれば、死ぬまで独り身で構わない。機長になって、自分の人生を確定させると、面倒なだけの恋愛事も不要になり、見向きもしなくなった。

それなのに俺は、遥に惹かれてしまった。

呆れるほどポジティブでいられるのはどうしてだろう。なにが彼女を突き動かすのだろう。そのパワーの源はどこにある？

遥がゲートにいるだけで、そこの空気の色が違うようにまで思えてきて、興味をくすぐられた。

最初は、女としてではなく人間として。だけど、彼女への好奇心は強まる一方で、もはや好意と紙一重だった。

いや……初めて遥を抱いた時、完全に冷静さを失い、理性を飛ばした自分を思い出すと、自覚する前から彼女が好きだったことを、認めざるを得ない。

翌朝、つれない書き置きを残して逃げられ、俺は激しい焦燥感に駆られた。あの時、初めて、『繋ぎ止めておかなければ』と思った。遥を俺のものにしたいという劣情を抱いたこと自体が、恋の始まりだった。

しかし、俺にとって、〝好き〟という気持ちは、軽々しく口にできるものではない。

一生手にすることはないと思っていた、誰かと時間を、人生を分かち合って共に生きていく世界を、切り拓く言葉と等しい。これまでの自分の思考や感情のすべてを覆す覚悟……遥を娶《めと》ると心に決めてからじゃなければ、とても言えなかった。

そうして遥と付き合い始めて、やっと三カ月目を迎えたところだ。

お互い不規則勤務のわりには、短い時間を繋いで繋いで……結構多くの時間を一緒に過ごしてきた。

心は、とっくに決まっている。プロポーズするための準備も万端だった。

しかし、

「好きな女に心配かけて、あげく気遣わせるとは。情けねえな……俺」

俺は目を伏せて、やや自嘲気味に呟いた。

昨夜のように、彼女が隣にいるのに、幼少期の記憶を夢に見てうなされたのは、初めてだった。

遥に言った通り、今となっては、両親を失った事故を怖いとは思っていない。ただ、あの時の凄惨なビジョンは網膜に焼きついていて、色褪せることのない壮絶な現実として、潜在意識に刻まれている。

おかげで、よく夢に見る。副操縦士として空を飛ぶようになると、頻回になった。

それでも、必死に積んだ努力が経験という形になって、操縦桿を握る俺の確かな自信となるにつれて、ほんの時々、稀に見る程度になっていた。

ところが、夏の終わりに、胴体着陸事故に遭遇してからというもの、頻度が増えていた。

あの事故の時、俺はコックピットで——。飛行機を安全に着陸させるだけでなく、すべての乗客に心理的・精神的不安や恐怖を与えないためにはなにが最良か。機長として判断を迫られ、俺は真っ先に遥を思い浮かべた。

まだ遥が空港にいるかもしれない時間帯だった。このことが耳に入ったら、呆れるほど飛行機好きな彼女を、怖がらせてしまうだろうか。

——もしかしたら、俺のことを心配するかもしれない……。

格納された前輪が下りないというアクシデントの際は、まず、タッチアンドゴーを試みるのがセオリーだ。操縦するパイロットにとっても、負担が少ない。

しかし、一か八かを繰り返して、長引かせたら空港内まで大騒ぎになる。旅客がこの異常事態に気付く前に、終わらせなければ——。

着陸は成功したが、その後の事故調の聴取で、フライトマニュアルに従わず、一発で胴体着陸をするという決断に、非難を浴びることもあった。

言われなくても、遥への想いに突き動かされた末の判断だったと、俺自身がしっかり自覚していた。結果的によかっただけで、俺の決断は機長としては失格だ。

俺は飛行機が好きじゃないから、飛行機のためだけに馬力を出せない。これじゃあ、いつまで経っても、機長として一人前になれない。

また何度も夢を見るようになったのは、確立したつもりでいた自信が揺らいだせいだろう。

こんな俺じゃ、プロポーズなどまだまだ早い――。

俺は指輪のケースを手に取った。指先で摘まむようにして、蓋を開ける。

購入してから日が経っても未だ渡せず、変わらずそこに収まっている指輪を睨むように見据えた、その時。

「優真さ～ん。ホットケーキ、できましたよっ」

「うわっ……」

突然寝室のドアが開いたかと思うと、わりとすぐ近くで聞こえた軽やかな声に、俺は挙動不審なほどビクンと首を縮めた。

「っ……遥っ」

反射的に振り返り、ケースの蓋を片手でパタンと閉める。

「？　どうかしました？」

遥がきょとんとして、首を傾げて近付いてくるのを見て、とっさにパンツの右ポケットにそれを捻じ込んだ。

「い、いや。別に、なんでも」

焦りで声が裏返りそうになるのをなんとかこらえ、クローゼットの戸を閉める。

大股で寝室を横切ると、不思議そうな顔の彼女の肩に手を置いて、ほぼ無理矢理、クルッと方向転換させた。

「ほら、出るぞ。温かいうちに、一緒に食べよう」

「え？　え？　優真さ……」

戸惑った様子の彼女をグイグイ押して、俺は寝室を出た。


遥が作ってくれたボリュームのあるブランチで、腹を満たした。

彼女が食器を洗う音を耳にしながら、俺はリビングのソファに座り、膝の上で次の試験のテキストを開いていた。

しかし、昨日までいたニューヨークは、深夜に差しかかろうという時間。ホットケーキで適度な糖分を補ったせいか、猛烈な眠気に襲われる。

細かい文字が、視界の中で揺れて霞《かす》む。堅い文章は目で追うのが精一杯で、もはやさっぱり頭に入ってこない。

目蓋の重さに抗えず、うつらうつらとしていると。

「ふふ。優真さん、お腹いっぱいになって、眠くなっちゃいましたか？」

すぐ頭上からクスクス笑う声が降ってきて、ハッと目蓋を持ち上げた。

なんとか意識を繋ぎ止めて顔を上げると、遥が俺の前に立って、エプロンを外していた。

「ニューヨーク便、十四時間ですもん。疲れてますよね。なのに、昨夜来ちゃって、ごめんなさい」

彼女にスペアキーを渡したのは、約束していなくても、俺が東京に帰る日はいつでも来てくれていい、という意思があったからだ。

「いや。来てくれてよかった。今週、ずっと遥に会ってなかったし、帰ったらすぐ抱きたいと思ってたから」

眠気と闘い、舟を漕いでいたのを見られた恥ずかしさもあり、俺はわざとしれっと返した。

途端に、彼女が、ボッと音が出そうな勢いで頬を染める。

「優真さん、ケダモノすぎ……」

「お前だって、悦んでたろ」

俺はからかい混じりにそう言って、彼女の手を掴んで引っ張った。

「ひゃっ」

遥は小さな悲鳴をあげて、俺の足の間に、ストンと尻餅をつく。

「捕まえた」

俺は歌うように言って、彼女の肩と腰に腕を回し、強く抱きしめた。

条件反射のように、身体を強張らせる彼女の耳元に顔を寄せ、

「遥」

意図的に低くした声で名前を呼んだ。唇で耳を掠めると、「ひゃんっ」とかわいい反応をする。

「！」

そんな自分に驚いた様子で、遥は顔を真っ赤にして、口を両手で塞いだ。

俺はクスクス笑いながら、

「お前、俺が触ると、本当に敏感だな」

片手で彼女の顎を掴んで、こちらを振り向かせた。

「優真さ……」

俺の名前の形に動く唇を、キスで封じ込める。

「んっ……んっ」

必死についてこようとして、舌を絡ませて声を漏らす彼女に、グッとくる。

「遥。……もっと」

もっと奥まで攻め込みたい。

腰を抱えた腕に力を込め、彼女の身体をソファに深く引っ張り上げた。

遥は抗わずに、俺の方に上体を捩った。お尻の位置をずらし、やや背を仰け反らせたからか、右の太腿に彼女の重みを感じる。

「ん、ん……」

俺の胸元に、ぎゅうっとしがみついてくる。

俺は、一瞬ゾクッと身を震わせた。

しかし。

「……痛っ」

遥がわずかに顔を歪ませて、顎を引いて唇を離した。

「痛い？」

彼女の反応が怪訝で、眉根を寄せて聞き返す。

「ん。なにか硬いものが、お尻にゴリって当たって……」

「え？」

遥が、その正体を肩越しに探ろうとする。

俺も、彼女の目線を追って下を向き——目が留まったのは、自分の股間だった。

「……キス程度で、反応してないけど？」

「ち、違いますよっ！」

ニヤリと笑って弁明した俺に、遥は真っ赤な顔で、ひっくり返った声をあげた。

「そういうんじゃなくて！　こ、この辺っ」

なにかムキになって、俺の右太腿に手を伸ばす。

「！　お、おい。待て、遥」

予想外の襲撃。際どいところを手が這い回り、俺は片目を瞑って「う」と呻いた。

「バカ。そんなとこ触られたら、本当に勃つ……」

「だから、違いますってば！　優真さんのポケットの中、なにが入ってるの」

「え？　……あっ」

一瞬の間の後、俺はハッと息をのんだ。

彼女が言う右のポケットには、先ほどとっさに捻じ込んだ、指輪のケースが入ったままだ。

「ちょっ、遥、ダメ……」

「色っぽい声出して、止めようとするの、反則です！」

慌てて止める俺にすげなく返して、遥がポケットに手を突っ込んでくる。

「ほら、あった！」

「っ！」

探り当てられた瞬間、俺は呼吸を止めた。

ピキッと凍りつく俺を他所《よそ》に、彼女は意気揚々と、ケースを掴み出す。

顔の高さに持ち上げると、なにか誇らしげにゆっくり指を開いて——。

「え。これ、って……」

自分の手の平に目を瞠り、絶句した。そして、俺に説明を求めるように、上目遣いで見つめてくる。

「………」

この場をどう取り繕うか。頭の中は真っ白で、俺は目を逸らして逃げた。

必死に思考を働かせたものの、多分誰がどう見ても、指輪のケースにしか見えないだろう。さすがに、ごまかしようがない。

遥は俺の返事を待って、息を潜めている。

至近距離から無言で探り合う空気は、なんとも気詰まり。

俺は、半分以上やけっぱちになって、腹をくくった。

「……先月、パリに行った時、買ってきたんだ」

微妙に目線を外したまま、彼女の手からケースを摘まみ上げ、蓋を開けてみせた。

「っ……」

中になにが入っているか知っている俺でも、窓から射す光を受けて、ギラッと光る指輪が眩しかったほどだ。

無防備に目を凝らしていた彼女は、目を眩ませた。パチパチと瞬きをしてから改めて焦点を合わせ、ひゅっと息をのんだ。

「……わかるだろ。どういう意味を持つ指輪か」

男にとって一生に一度の重大局面に、随分と不本意な形で直面することになってしまった。

俺は、ややふてくされて、質問で返す。

「ゆ、優真さ……」

どういう意味があるか、彼女の中で検討はついているんだろう。しかし、俺の言葉を求めて、瞬きも忘れてジッと見上げてくる。

「……愛してる。遥、俺と、結婚してくれ」

最後は肝を据えて、彼女の瞳の奥までしっかりと見つめた。

自分が経験することになるなんて、少し前までは考えもしなかった、一世一代のプロポーズは、なんの捻りも飾りもない、ありふれた言葉にしかならなかったけれど。

「ほ、ほんとに……？」

彼女は大きな目を逸らすことなく、聞き返してくる。

俺は照れ隠しで、肩にかかる彼女の髪を指で梳いた。

「俺、さ。家族ってものが、ピンとこないんだ。家族がいない時間の方が断然長くて慣れてるし、無理矢理他人と築き上げる必要もない、一生独身の方が気楽でいいと思ってた」

柔らかい髪を指先で弄ぶ俺の前で、遥がこくりと喉を鳴らす。

「お前に一歩踏み込むごとに、これまでの信念と向き合って、覆して……そうやって、覚悟を固めてきた。好きだって言うのが遅くなったのは、俺にとっては、ほとんどプロポーズと同じ決意が必要な気持ちだったから」

「え……」

「ズルくて、悪かったな。……ほら。左手、貸せ」

忙しなく瞬きをする彼女の手を掴み、もう片方の手でケースから指輪を摘まんで……。

「嵌《は》めて、いいか？」

改まって、彼女の意思を問う。

遥はうっすらと目に涙を浮かべ、こくこくと頷いた。

その仕草を確認して、俺は細い薬指に指輪を滑らせた。

関節に引っかかることもなく、すんなりと嵌まった婚約指輪。彼女の指で、よりいっそう輝きを増す。

タイミングとしては想定外だったし、全然格好つかなかったのが不服だが、断られなかったことで、とりあえずやり遂げた感はある。

思わず、ホッと息を吐いた時。

「優真、さん。優真さん……！」

遥が俺の首に両腕を回して、抱きついてきた。

「恋人になった時には、もうプロポーズするつもりでいてくれたってことですよね？どうしよう、嬉しい。嬉しい、嬉しい……」

涙で声を詰まらせながら、俺の耳元で何度も繰り返す。

身体の芯から、甘い痺れが沸き起こる。否が応でも、ゾクゾクと震えそうになる自分を必死に抑え――。

「遥。すぐにここに引っ越してこい。一緒に、暮らそう」

「……優真さん」

腕の力を緩めた遥が、涙で潤む瞳で俺をジッと見つめる。

「入籍は、ちゃんとお前のご両親に挨拶してからでいい。でも、この先はもう、片時も離れたくない。……離したくない」

柄にもなく意気込んで早口になる俺に、驚きを隠せない様子ではあったものの。

「は、い」

はにかんで、泣き笑いで返してくれる。

「優真さん、大好き。愛してる。……私も、絶対に、一生離しませんから！」

「……ああ」

ただただ、遥が愛おしい。胸に込み上げる想いで声が詰まる。

「遥……」

俺は、彼女の頭を抱え込んで、強く強く抱きしめた。

俺にとって、遥は日々変わらない日常の……いや、人生の活力の源。

飛行機なんかこれっぽっちも好きじゃなくても、遥への想いが原動力になる。俺はこれから先もずっと、快適で安全なフライトを終えて、地上に戻る。……遥の元に帰るために。

「……そっか。それで、いいんだな」

無意識にポツリと呟き、ついつい口元を綻ばせる。

聞き拾った遥が、俺の胸元から、「え？」と顔を上げた。

「なにかひとつ、ものすごく大事なもののために、一人前の機長になる。それで、間違ってない」

遥が、涙をいっぱい湛えた瞳を、瞬かせる。

そして、にっこりと微笑むと、「はい」と元気よく頷いてくれた。

「私も、早く立派なグランドスタッフになりますね。空に発つ優真さんをしっかりお見送りして、優真さんが帰ってきたら、心から癒してあげられるように」

握り拳を作って意気込む彼女に、俺はほんの少し苦笑した。

「グランドスタッフ、ね。まあ、それもいいけど……」

一度言葉を切って、彼女の顎をクイッと持ち上げる。

「見送られて、迎えられて……よりも。ふたりで出かけよう。お前の行きたいところでいい」

「え？」

「パリから電話した時、言ったろ？　街歩きしよう。ローカルフードの食べ歩きも」

俺が顎を掴んでいるせいで、遥はうまく頷けず、目配せで返してくる。

「そういえばお前、夏場にナイトプールがどうとか、噂があったな。新婚旅行、ビーチリゾートにしようか。プライベートビーチを貸し切って、俺だけの前でなら、見せてくれていいぞ。セクシーなビキニ姿」

「！」

「……ほら。癒してくれるんだろ？　グランドスタッフとしてじゃなく、俺の奥さんとして」

ギョッと目を剥く彼女には、間髪入れずにそう畳みかけ……。

「あ、優……」

俺の名前を紡ぐ唇に、独占欲全開のキスをした。

END

あとがき

世界中が、未曾有の自粛モードで活気を失っている最中。旅行好きな私も、未だかつてないほど、空港や飛行機を遠く感じていました。せめて妄想だけでも楽しみたい！と、パイロットがヒーローの物語を書きたくなり、仕上げた作品です。

ベリーズ文庫では、『エリート副操縦士と愛され独占契約』という既刊があるので、今回、ヒーローは機長に。さらに、空港で働くヒロインにして、もっと飛行機を間近に書きたい。そうして、明るく元気なグランドスタッフ・遥と、わりと重い過去を背負った鬼機長・優真のカップルが生まれました。

優真は、正統派の俺様にしたかったのですが、年齢的に子供っぽくなってしまいそうで、通常時の言動は淡泊に抑制させた結果、ただのドSになった感が（汗）。そんな彼と接点を持たせるために、遥はドジっ子という設定になりましたが、一見ミスマッチなこのカップルも、自分ではわりと気に入っています。

本編の優真は、強く深い想いを抱えながら、秘め続けるヒーローなので、書き下ろし番外編では、彼の本音を存分に表しました。恋に堕ちるのに〝覚悟〟が必要な彼の、遥に対する本気が、上手く伝わればいいのですが……。

今作、既刊と同じ空港が舞台なので、前作のヒーロー・水無瀬も登場する、スピンオフ作品となっております。……というわけで、イラストは琴ふづき先生にお願いしてもらえました。

やっぱり、琴先生が描いてくださる制服パイロット、最高です！　俺様で基本生真面目な優真が、なんともイメージぴったりでした。強気に微笑んで空を見上げている様が、とても彼らしい。そんな優真に翻弄され、困り顔の遥が可愛くて……実は、制服ヒロイン初めてだったんですが、たまらなくツボです。琴先生、ありがとうございました！

ちなみに、最初ラフをいただいた時、『飛行機が近い展望デッキにソファ。この背景のイメージはどこ？』と思ったんですが。実在する場所と聞いたので、この目で見て来よう！と、さすらい精神が湧きました。

最後に、この作品の書籍化に尽力してくださった皆様に、心から御礼申し上げます。

そして、手に取って読んでくださった読者様、ありがとうございました。

水守《みずもり》恵蓮《えれん》

水守恵蓮先生への
ファンレターのあて先

〒104-0031
東京都中央区京橋1-3-1
八重洲口大栄ビル7F
スターツ出版株式会社　書籍編集部　気付

水守恵蓮先生

本書へのご意見をお聞かせください

お買い上げいただき、ありがとうございます。
今後の編集の参考にさせていただきますので、
アンケートにお答えいただければ幸いです。

下記URLまたはQRコードから
アンケートページへお入りください。
https://www.berrys-cafe.jp/static/etc/bb

ベリーズ文庫

俺様パイロットに独り占めされました

2020年12月10日　初版第1刷発行

著　者　水守恵蓮
©Eren Mizumori 2020

発行人　菊地修一

デザイン　カバー　ナルティス（井上愛理＋稲葉玲美）
フォーマット　hive & co.,ltd.

校　正　株式会社 鷗来堂

編集協力　妹尾香雪

編　集　井上舞

発行所　スターツ出版株式会社
〒104-0031
東京都中央区京橋1-3-1　八重洲口大栄ビル7F
TEL　出版マーケティンググループ　03-6202-0386
（ご注文等に関するお問い合わせ）
URL　https://starts-pub.jp/

印刷所　大日本印刷株式会社

Printed in Japan

ISBN 978-4-8137-1012-7　C0193

ベリーズ文庫　2020年12月発売

『俺様パイロットに独り占めされました』　水守《みずもり》恵《え》蓮《れん》・著

大手航空会社のグランドスタッフとして奮闘する遥は、史上最年少のエリートパイロット・久遠のことが大の苦手。厳しい彼から怒られてばかりだったある日、なぜか強引に唇を奪われて…!?　職場仲間からのアプローチに独占欲を募らせた久遠の溺愛猛攻は止まらず、夜毎激しく求められて…。

ISBN 978-4-8137-1012-7／定価：本体670円＋税

『お見合い政略結婚～極上旦那様は昂る独占欲を抑えられない～』　春《はる》田《た》モカ・著

老舗和菓子屋の娘・凛子は、経営難に陥ったお店を救うため大手財閥の御曹司・高臣とお見合い結婚することに。高臣は「これはただの政略結婚」と言い放ち、恋愛経験のない凛子は喜んでそれを受け入れる。冷めきった新婚生活が始まる…はずが、高臣は凛子を宝物のように大切に扱い、甘く溺愛してきて…!?

ISBN 978-4-8137-1013-4／定価：本体640円＋税

『予想外の妊娠ですが、極上社長は身ごもり妻の心も体も娶りたい』　きたみ　まゆ・著

真面目が取り柄の秘書OL・香澄は、密かに想いを寄せていた社長の柊人とひょんなことから一夜を共にしてしまう。一度の過ちと忘れようとするが、やがて妊娠が発覚！　隠し通そうとするも、真実を知った柊人からまさかの溺愛攻勢が始まる。一途に尽くしてくれる柊人に、香澄は想いが抑えきれなくなり…。

ISBN 978-4-8137-1014-1／定価：本体650円＋税

『極上御曹司と授かり溺愛婚～パパの過保護が止まりません～』　若菜《わかな》モモ・著

ウブな令嬢の美月は、大手百貨店の御曹司・朔也に求婚され、花嫁修業に勤しんでいた。しかし、ある出来事によって幸せな日常が一変。朔也に迷惑をかけまいと何も告げずに逃亡するが、その先で妊娠が発覚する。内緒で出産し、子どもと暮らしていたが、そこに朔也が現れ、過保護に愛される日々が始まって…。

ISBN 978-4-8137-1015-8／定価：本体660円＋税

『カラダで結ばれた契約夫婦～敏腕社長の新妻は今夜も愛に溺れる～』　伊月《いづき》ジュイ・著

OLの清良は、友人の身代わりで参加していたオペラ観劇の場で倒れたところを、城ケ崎財閥の若き社長・総司に助けられる。そこで総司にある弱みを握られた清良は、総司と契約結婚することに。形だけの妻のはずなのに、初夜から抱かれて戸惑う清良。身体を重ねるたびに総司の魅力に心を乱されて…。

ISBN 978-4-8137-1016-5／定価：本体660円＋税

ベリーズ文庫 2020年12月発売

『平凡な私の獣騎士団もふもふライフ2』　百門一新《ももかどいっしん》・著

最恐の獣騎士団に手違い採用されてしまったリズ・エルマー。もふもふな幼獣たちのお世話係兼、獣騎士団長・ジェドの相棒獣の助手として奮闘する中、ジェドが王都に呼び出される。そこでリズに課された任務は、まさかのジェドの婚約者役!?　いつもはドSな団長がやたらと甘くて心臓持ちません…！

ISBN 978-4-8137-1017-2／定価：本体660円＋税

『モブ転生のはずが、もふもふチートが開花して 溺愛されて困っています』　瑞希《みずき》ちこ・著

ラノベの世界に転生したフィーナは、ヒロインの取り巻き役に嫌気がさし逃亡。退学のピンチに陥るが、なぜかそのタイミングで白猫になってしまう。その姿を見た学園一のイケメン・レジスがやたらと接触してくるようになり、さらにチートが開花!?　モブのはずがかまわれすぎて、もうほっといてください！

ISBN 978-4-8137-1018-9／定価：本体650円＋税

ベリーズ文庫 2021年1月発売予定

Now Printing

『183日の契約結婚～私の夫は俺様副社長～』 藍里《あいさと》まめ・著

OLの真衣はある日祖父の差し金でお見合いをさせられるはめに。相手は御曹司で副社長の柊哉だった。彼に弱みを握られた真衣は離婚前提の契約結婚を承諾。半年間だけの関係のはずが、柊哉の燃えるような独占欲に次第に理性を奪われていく。互いを縛る「契約」はいっそう柊哉の欲情を掻き立てていて…!?

ISBN 978-4-8137-1027-1／予価600円＋税

Now Printing

『大正初恋愛慕』 佐倉伊織《さくらいおり》・著

時は大正。子爵の娘・郁子は、家を救うため吉原入りするところを、御曹司・敏正に助けられる。身を寄せるだけのはずが、敏正から強引に政略結婚をもちかけられ、郁子はそれを受け入れ、仮初めの夫婦生活が始まる。形だけの関係だと思っていたのに、独占欲を刻まれ、身も心もほだされてしまい…!?

ISBN 978-4-8137-1028-8／予価600円＋税

Now Printing

『離婚予定日のはずですが』 砂原雑音《すなはらのいず》・著

秘書のいずみは、敏腕社長の和也とある事情で契約結婚をする。割り切った関係を続けてきたが、離婚予定日が目前に迫った頃、和也の態度が急変！淡々と離婚準備を進めるいずみの態度が和也の独占欲に火をつけてしまい、「予定は未定というだろ？」と熱を孕んだ瞳で大人の色気全開に迫ってきて…!?

ISBN 978-4-8137-1029-5／予価600円＋税

Now Printing

『生涯かけて、キミを幸せにすると誓う』 田崎《たさき》くるみ・著

OLの未来は、父親の会社のために政略結婚することに。冷徹だと噂されている西連地との結婚を恐れていたが、なぜか初夜から驚くほど優しく抱かれ…。愛を感じる西連地の言動に戸惑うが、その優しさに未来も次第に惹かれていく。そんな折、未来の妊娠が発覚すると、彼の過保護さに一層拍車がかかり…!?

ISBN 978-4-8137-1030-1／予価600円＋税

Now Printing

『トツキトオカの切愛夫婦事情』 葉月《はづき》りゅう・著

ウブな社長令嬢・一絵は一年前、以前から想いを寄せていた大手広告会社の社長・慧と政略結婚した。しかし、夜の営みとは無縁で家政婦状態の結婚生活が苦しくなり離婚を決意。最初で最後のお願いとして、一夜を共にしてもらうとまさかのご懐妊…!?　しかも慧は独占欲をあらわにし、一絵を溺愛し始めて…。

ISBN 978-4-8137-1031-8／予価600円＋税

タイトル、価格等は変更になることがございますのでご了承ください。